女王の結婚（下）

ガーランド王国秘話

久賀理世

二見サラ文庫

Illustration　ねぎしきょうこ
本文*Design*　若杉葉子

CONTENTS

デュランダル王家

◆ウィラード
27歳。エルドレッド王の長男。アレクシアの異母兄。王位継承権のない庶子のため、セラフィーナを籠絡し、伴侶となることで王位簒奪を画策するも失敗、収獄されて処刑を待つ身。

◆セラフィーナ
22歳。エルドレッド王の弟ケンリックの娘。反逆の罪で父が処刑されてからは、長らく西の辺境オルディスにある小夜啼城に幽閉されていた。ウィラードによって解放されるとその野心に乗じアレクシアやディアナを追い落とすことをもくろむが、敗北を悟るやすべては彼の独断によるものと主張して保身をはかる。懐妊のきざしを察し、我が子を手駒に生き延びることを画策する。

アンドルーズ家

◆ガイウス
25歳。アンドルーズ侯爵家の嫡子。王女の護衛官から女王の近衛隊長に。アレクシアが政略結婚から逃れられないだろうことを理解しながらも、思慕の念をつのらせ、またローレンシア王太子レアンドロスの動向を危惧する。

◆コルネリア
アンドルーズ侯爵夫人。ガイウスの母。宮廷女官時代に、アレクシアの親世代との交流があった。アレクシアの信頼を得て、よき相談役となる。

◆アレクシア
17歳。エルドレッド王が愛妾リエヌに生ませた娘だが、王妃の子として育てられる。活発な性格でありながら、死に瀕した母に疎まれた過去が心の傷になっていた。おのれが正統な王位継承者ではないことを承知しながらも、エリアス王太子を毒殺した異母兄ウィラードとセラフィーナを反逆者とし、女王として即位する。長いつきあいのガイウスを信頼し、相思相愛の仲となったが、公にはできない状況に苦悩する。

◆エリアス（故人）
9歳没。エルドレッド王の次男。アレクシアの異母弟。次期王に指名されるが、病弱のために宮廷内の派閥争いを招き、ウィラードに暗殺される。

求婚者たち

◆レアンドロス
28歳。ローレンシアの王太子。黒い焔に喩えられる冷酷な性格。王女時代のアレクシアとの婚約をふりかざし、即位を祝う名目でガーランド宮廷に乗りこんでくる。

◆ヴァシリス
27歳。ラングランドの王太子。エスタニアとの友好を強化する父王の政策に批判的。ラングランドとガーランドを統一して、大陸に対抗するという野望を秘めている。

白鳥座の仲間

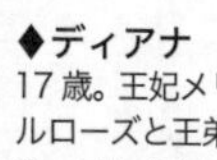

◆ディアナ
17歳。王妃メリルローズと王弟ケンリックとの不義の子。アレクシアの従姉妹。出自を知らないまま、アレクシアとの出会いをきっかけに役者の道を歩んでいた。王女とそっくりの容姿に目をつけたグレンスターにより、成り代わりの陰謀に荷担させられるも、最終的にはグレンスター家の遠縁の娘という身分におちつく。

◆リーランド
25歳。役者&脚本家。少年時代に出奔した実家は、王都ランドールで印刷業を営んでいる。ウィラードに対抗するプロパガンダ作戦のために、疎遠だった父親に協力を仰ぎ、和解する。

◆ノア
9歳。身寄りをなくし、リーランドに拾われた子役。身分に頓着しない強気で小生意気な態度がめだつが、ディアナのことは姉のように慕っている。

グレンスター家

◆アシュレイ
21歳。グレンスター公の嫡子。グレンスター家の陰謀に荷担するが、結果的に窮地に陥ったディアナを救うために命がけでアレクシアを守り、側近として治世を支えることを誓う。

◆グレンスター公（故人）
姉メリルローズの娘ディアナを女王の座につけ、息子アシュレイと結婚させようともくろむも失敗、斬首される。

◆メイナード
家令。主家の信頼も厚く、グレンスター一家の本拠地ラグレスにて城内をとりしきる。アレクシア陣営に与するかたちで、王都ランドールへの進軍に貢献する。

◆エスタ
アレクシアとともに《黒百合の館》に売られた娘の一人。娼婦の世界で生きる覚悟を持ち、勘が鋭く気が強い一方、情に厚い一面もある。

◆ダネル
《六本指のダネル》と呼ばれる掏摸（すり）の天才。ディアナの《奇跡の小路》時代の昔なじみで、姿を消したディアナの行方を気にかけていた。

◆ティナ
17歳。ウィンドロー近郊の海岸で行き倒れたガイウスを発見し、介抱する。

◆ロニー
ティナの兄。貿易会社《メルヴィル商会》の倉庫係としての伝手を駆使し、アレクシア陣営に貢献する。

これまでのあらすじ

◆自分とそっくりの、襤褸をまとった物乞いの少女ディアナとの出会いから六年。王女アレクシアはローレンシア王太子レアンドロスに嫁ぐため、護衛官ガイウスを伴い船上の人となっていた。
◆その旗艦が襲われ海に投げ出されたアレクシアは、ガイウスに助けられ見知らぬ浜辺で目を覚ます。しかし運悪く人買いに攫われ、娼館《黒百合の館》へ売られてしまう。
◆一方、地方都市で役者をしていたディアナはグレンスター公に雇われ、いざというときの王女の身代わりとして護衛艦の一隻に乗り込んでいた。旗艦襲撃で王女が生死不明となり役目は終わったかと思えたが、ディアナはそのまま「王女アレクシア」としてグレンスター公の領地ラグレスへ入ることに。
◆娼館からの脱走を試みたアレクシアは売られた少女たちを逃がし、みずからは再び囚われの身に。そこへ現れたのはディアナと同じ《白鳥座》の役者兼脚本家のリーランドだった。ディアナを捜しにきた彼は、機転を利かせてアレクシアを救い出し、この状況の裏に何者かの陰謀があると気づく。
◆ウィンドローの海岸近くに住む少女ティナの介抱を受けたガイウスは、癒えぬ体を押してアレクシアがいるというラグレス城に駆けつける。アレクシアに特別な想いを抱くガイウスは、すぐに王女が替え玉であることを見抜き、彼もまた一連の出来事がアレクシアの異母兄ウィラードとグレンスター家の野心が絡み合ったものであることを悟る。
◆グレンスター家の目的は入れ替えた王女をお飾りとして祭り上げ政治の実権を握ること、ウィラードの目的は王弟ケンリックの息女セラフィーナの王配の地位を得ることだった。
◆そのセラフィーナはウィラードによって《小夜啼城》での幽閉を解かれ、王位継承権を取り戻し宮廷に戻る。替え玉に気づいたセラフィーナは酷似した二人の容姿の秘密をほのめかしてアレクシアの身代わりを続けるディアナを牽制する。
◆ガイウスは王都を離れた隙にグレンスター公によって王女襲撃事件の黒幕に仕立て上げられ、斬首を宣告される。執行直前、刑場の広場に現れ、王女の威光を示しガイウスに恩赦を与えたのは、リーランドとともに王都に潜伏していたアレクシア本人だった。しかし、ガイウスを助命したことでウィラードとアレクシアの対立構図が鮮明になり、宮廷から動けないディアナの身に危険が迫る。
◆窮地を脱したガイウスは出生の秘密を探るため小夜啼城を訪ね、目的を同じくしてやってきたアレクシアと再会を果たす。アレクシアはエルドレッド王が愛妾リエヌに産ませた娘、ディアナは王妃メリルローズと王弟ケンリックの間にできた不義の子だった。セラフィーナは幽閉中にこの事実を突き止めていたのだ。そして、長く病の床についていたエルドレッド王が逝去する。
◆病弱な王太子エリアスは、戴冠式当日に倒れ、王位継承は不首尾に終わる。
◆グレンスター公は証人隠滅のため小夜啼城へ私兵を差し向けてくる。籠城戦の末、グレンスター家の秘書官タウンゼントからエリアス謀殺計画の主犯はウィラードで、戴冠式での急激な体調悪化は毒によるものと明かされる。
◆宮廷では、ウィラードの差配で謀殺未遂の査問を受けたディアナが投獄され、エリアスが王位に就かぬままこの世を去る。
◆僭王阻止にもはや一刻の猶予もないと判断したアレクシアは王都への進軍を決意し、ラグレス城で即位宣言する。
◆王族の僭称教唆の罪に問われたグレンスター公は斬首に処せられた。ディアナも断頭台に上げられるが、兵を率いたアレクシアが現れ、民衆の前で旗艦襲撃から今日までの経緯を詳らかにする。執行に立ち会っていたウィラードとセラフィーナは糾弾され、二人は反逆の罪で捕らえられたのだった。

上巻のあらすじ

◆アレクシアが帰還し王冠を戴いてひと月。早くも王侯貴族は女王との婚姻をもくろみ動き始めていた。そんな中、アレクシアは侍医のウォレス師からセラフィーナに懐妊の兆候があると知らされる。ウィラードとの子であれば、たとえ庶子であれ、デュランダル王家の血を濃く受け継ぐ王

族の誕生となる。それが玉座をめぐる新たな火種となることを危惧し、アレクシアはセラフィーナの身柄を秘密裡に小夜啼城に護送することを決意する。

◆一方のディアナは情報収集のため、リーランド、ノア、護衛のクライヴとともにラングランドに向かい、役者として《海軍卿一座》に潜入することに成功していた。そこで王太子ヴァシリスの暗殺計画を耳にしたディアナは、陰謀を阻止したものの、ヴァシリスに顔を知られてしまうことになる。

◆ガーランド宮廷では、婚約を撤回されたローレンシアの王太子レアンドロスを筆頭に、大勢の王侯貴族が求婚のために集い、ガイウスに対する恋心と、女王としての責任の狭間で、アレクシアの苦悩は日に日に深まっていく。

◆そしてついにレアンドロスの呼びかけにより、アレクシアの伴侶の座をかけるに等しい馬上槍試合の開催が決定してしまう。ガイウスは危険を押しての勝利を誓い、アレクシアはわだかまりを解消できぬまま試合当日を迎えた。そんなアレクシアとの未来のため、人知れず決意を胸に試合に挑んだガイウスは、レアンドロスとの決戦に勝利を収めるも、直後に昏倒してしまい――。

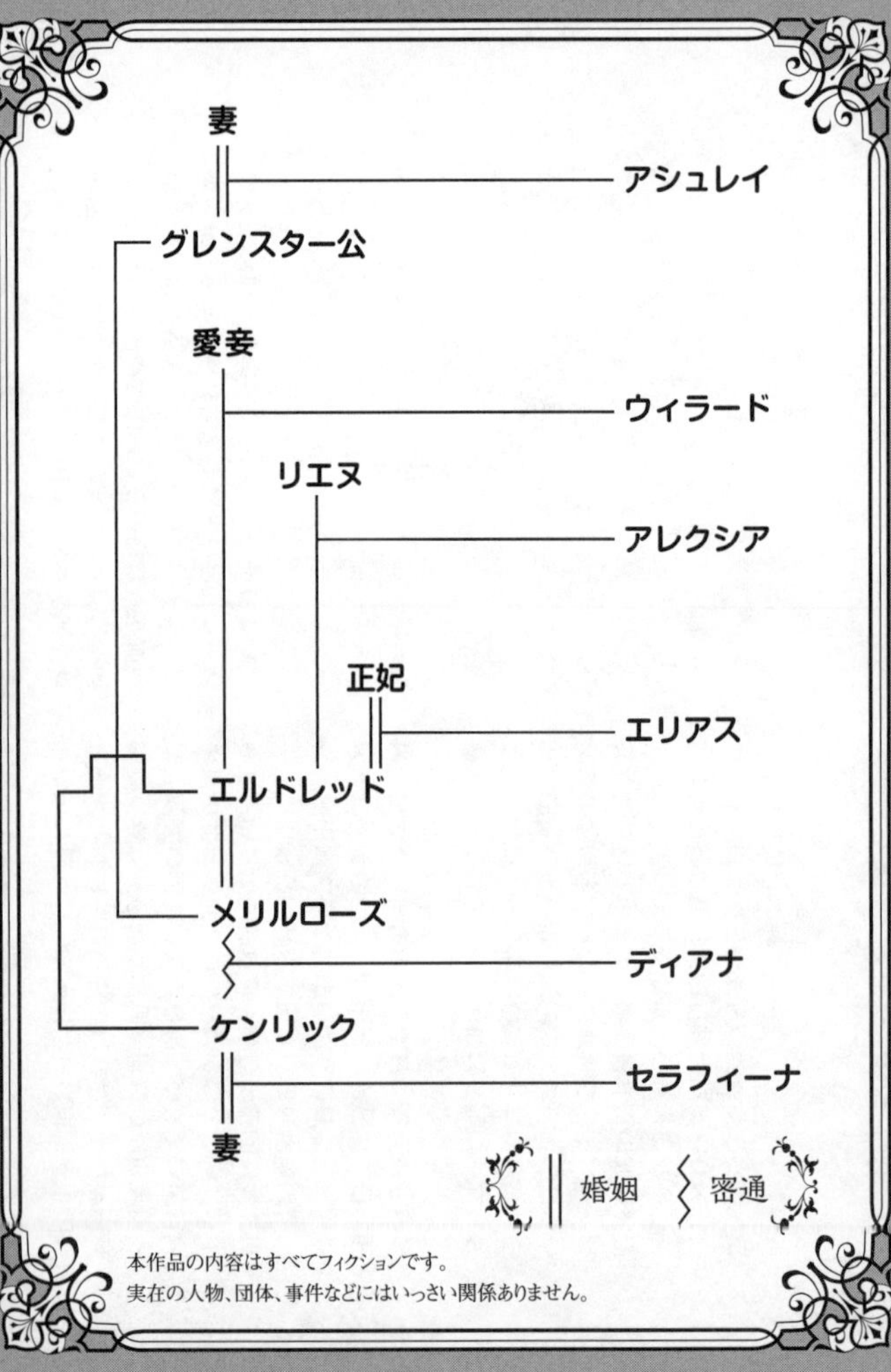
妻
アシュレイ
グレンスター公
愛妾
ウィラード
リエヌ
アレクシア
正妃
エリアス
エルドレッド
メリルローズ
ディアナ
ケンリック
セラフィーナ
妻
婚姻
密通

第5章

女王アレクシアは、夜の廻廊をひた走った。

裳裾をからげ、乱れる髪にもかまわずに。

近衛隊長の私室に飛びこむなり、

「——ガイウスの容態は？」

問いを放つと、壁際の寝台をかこむ人々がふりむいた。

副隊長のダルトン卿に、宮廷侍医のウォレス師と年若い助手たち。誰もが一様に、こわばった表情をしている。

不吉な予感に喉を締めつけられながら、アレクシアはウォレス師をうかがう。

「芳しくないのですか」

「おそれながら」

「意識は」

「いまだお戻りになりません」

馬上槍試合の決勝戦で、ガイウスは辛くも勝利を収めた。

しかしアレクシアが祝福のくちづけを与えようとしたまさにそのとき、くずおれるように昏倒し、いくら呼びかけても応えはなかったのである。

まさか人知れず大怪我を負っていたのか。

取り乱しかけたアレクシアを、とっさの機転で救ったのはアシュレイだった。いち早くガイウスの身を支え、固唾を呑む観衆に向かって声を張りあげたのだ。

「お集まりの皆々さま。どうかご案じなされませんよう。我らがアンドルーズ卿は近衛隊の威信をかけた戦いに挑まれ、みごと本懐を遂げられた安堵のあまりに、張りつめた気魄の糸がゆるまれたご様子。真の勇士と、女王陛下のガーランドに栄光あれ――」

「ガーランドに栄光あれ!」

「女王陛下万歳!」

続々と呼応する声で、観覧席はふたたび歓喜の熱気につつまれる。

そのただなかに、アレクシアは血の凍る心地で立ちすくんでいた。

ガイウスの動きは、決戦の時点で精彩を欠いていた。あのときすでに、彼の身には異変が生じていたのだ。

我先にかけつけた近衛隊の青年たちが、たちまちガイウスを担ぎあげ、誇らしげに練り歩きだす。

「アレクシア。あとはぼくに任せて」

そう耳打ちしたアシュレイが、急ぎ一団を追うのをなすすべもなく見送ったアレクシアは、しかしすぐさま私情を封じこめ、続く祝宴でも女王としての務めをはたすことに専念した。

宴席に早変わりした城館跡で、試合の参加者たちをねぎらい、ひととおりその戦いぶりを讃(たた)えたところで、なんとかタニアとともに抜けだしてきたのだが――。

「熱があるのですか」

枕許(まくらもと)に近づくと、ガイウスの額に浮いた汗を、助手のひとりが布巾で拭っている。荒く苦しげな息遣いが、耳に刺さるようだった。

「かなりの高熱です。しかし内臓にまで害が及ぶようなひどい刺傷や打撲傷は、いずこにも見受けられませんでした」

「では過労か、それとも疫病のたぐいでしょうか」

「その可能性も皆無ではございませんが」

ウォレス師はおもむろに、ガイウスの右腕に手をのばした。力なく垂れた腕を上向けると、親指の付け根のふくらみが痛々しく腫れている。

「これは……」

困惑するアレクシアの肩越しに、タニアが寝台を覗きこみ、眉をひそめた。

「まるで雀蜂に刺された痕のようですわね」

ウォレス師は慎重にうなずき、

「たしかに蜂毒で見舞われる、急性の症状にも似ておいでです。しかしこの季節にはめずらしいことですし、砕けた騎槍の破片で炎症が生じたものやもと、ダルトン卿にも入念に検めていただきましたところ——」

水を向けられた副隊長が、深刻な面持ちで告げる。

「おそれながらこの傷は、矢毒に侵されたものではないかと拝察いたします」

アレクシアはぞくりとする。

「矢毒？」

「狩猟において、足の速い鹿などを捕らえるために、鏃に塗りこむ毒のことです。息の根をとめるのではなく、動きを鈍らせるための手段で、四肢の麻痺や意識の混濁を生じさせます」

「……まさかガイウスの勝利を阻止するために？」

「考えられます。控えの天幕には大勢の者が始終出入りしておりましたゆえ、主の密命を受けた従者が細針などを忍ばせて近づくこともできたでしょう。警戒を怠り、申し開きのしようもございません」

アレクシアは力なく首を横にふった。いかに目を光らせたとしても、そうした目論見で近づいてくる者たちを瞬時に見極めるのは、至難の業だったにちがいない。

タニアがウォレス師にすがるまなざしを向ける。

「お命を奪うことが目的でないのなら、じきに快方に向かわれるのですね？」

「その望みにかけ、いまは最善の手を打つしかありません」

アレクシアも黙っていられずにたずねる。

「その手とは？」

「とにかく水をお飲みいただき、すでに血をめぐる毒素を、汗として速やかに排するべく努めております。意識がお戻りになれば、初期症状から毒の種類を特定することもできるのですが」

矢毒では数種の植物毒が組みあわせて用いられることが多いため、下手な治療は逆効果になりかねないという。

「持ちこたえられるかどうかは、ガイウスの体力次第ということですね」

悲痛なアレクシアのつぶやきに、ダルトン卿が続けた。

「隊長はかならずや、乗り越えてみせられます。本日の試合にて勝者の栄誉を手にされたあかつきには、陛下とぜひに語りあいたきことがあると仰せでしたから」

アレクシアははっとした。

このところの主従のぎこちない距離感を、ダルトン卿も察していながら黙して見守っていたのだろう。

だからこその静かな励ましに、アレクシアもかすかな笑みをかえした。

「わたしもです」

ガイウスの枕許に身をかがめ、その片頰に手をふれようとするが、すかさずウォレス師にとめられる。

「どうかご辛抱を」

「なぜです」

「汗に含まれる毒が、御身(おんみ)にさわる恐れがありますゆえ」

「…………」

宙に浮いた片手を、アレクシアは無言のまま握りしめる。

毒の作用に怖気(おじけ)づいたのではない。それほどの毒にガイウスが侵されているという現実を思い知らされ、あらためて吹き荒れそうになる激情を必死に抑えこんだのだ。

アレクシアはせめてもの力づけに、届かぬであろう声を投げかける。

「ガイウス。これしきの試練に負けるおまえではないだろう。いつまでも眠りこけていたらただではおかないからな」

我ながら理不尽な脅しで未練をふりきり、アレクシアは身をひるがえす。片時もそばを離れずにいたいが、長く祝宴を中座してはいられない。

身の異変を悟りながら決戦まで耐え抜いたのであろうガイウスのためにも、なごやかな祝宴をこのままお開きにこぎつけて、こたびの催しがあくまで親善を深めるためのものであることを印象づけなければ。

「それにしてもいったい誰が……」

「やはり対戦相手のどなたかでしょうか」

小走りで追いついたタニアが、不安げにささやく。

アレクシアは険しいまなざしを足許(あしもと)に向けながら、考えをめぐらせた。

「そうともかぎらない。ガイウスの活躍ぶりを、おもしろからぬ気分でながめている者も大勢いるだろうから」

「……そうですわね」

「対戦を終えたガイウスが本調子ではなさそうなことを、ヴァシリス殿下は察しておいでだった。そのときすでに症状が出始めていたのだとすると――」

「ヴァシリス殿下の勝利を望む一派ということに？」

「あるいは両国の王太子が、じかに対決する機会を狙った可能性もある」

「疑いだすと、もはやきりがありませんね」

アレクシアは苦くうなずいた。

その卑劣な罠に荷担した者たちが、祝宴にも素知らぬふりをして紛れこんでいるのかもしれない。アレクシアはあらためて胃の腑の凍える心地になり、おのずと鈍りそうになる足を叱咤した。

篝火に照らされた並木道を急ぎながら、

「アンドルーズ家の方々にも、お知らせしなければならないな」

祝宴が始まってまもなく、一家にはアレクシアから祝意を告げたが、そのときのこちらのくちぶりから、ガイウスの身になにかあったらしいことを悟っていたはずだ。

「ではわたしからコルネリアさまに、内密にお伝えいたします」

「そうしてもらえるとありがたい」

アレクシアのふるまいは注目の的だ。すぐ隣にどんな悪意が潜んでいるかもわからない宴席で、ガイウスの家族とどんな顔をして向かいあえばよいか、わからなかった。

「なにかお託けは？」

「お望みなら内廷にガイウスを見舞えるよう、取り計らうと」

「承知いたしました」

そのとき並木道の先から、逆光にふちどられた人影が近づいてきた。アシュレイだ。

どうやら気もそぞろで、アレクシアたちを待ちかまえていたものらしい。

暗がりから浮かびあがるこちらの姿に目を凝らし、

「最悪の結果は免れたようだね」

アシュレイは細く息を吐きだす。アレクシアがなかなか戻ってこないので、ガイウスの死すら脳裡をよぎっていたのかもしれない。

コルネリアの許に向かうタニアを見送り、アレクシアは手短に状況を説明する。

真剣に耳をかたむけていたアシュレイは、やがて確信をこめてうなずいた。

「大丈夫。彼なら意地でも持ちこたえてみせるよ」

「意地で毒に打ち勝てるものだろうか」

「きっとね」

「それはもはや魔力というものでは?」

「きみのためなら、それくらいやってのけるさ」

しかしガイウスがアレクシアの護衛官を務めていたがための、さまざまな受難がよみがえり、胸がずきりと痛む。

「そなたの励ましかたは、あまり上手くないな」

アシュレイはかすかな苦笑をかえすと、

「魔力はともかく、毒の作用はそれなりに匙加減されていたはずだ。もしもあまりに急激な症状に襲われたら、すぐに毒の疑いが生じるからね」

催しそのものの混乱と失敗を望むなら、むしろそのほうが効果的だが、犯人の目的はあくまでガイウスの勝敗を操ることにあったのだろうか。

「ではガイウスが耐えきれずに昏倒したのは、想定外の流れだと？」

「偶然にも効きが強すぎたか……あるいは……」

くちごもったアシュレイは、なぜか表情をかげらせる。

不穏な予感をおぼえ、アレクシアは目線で先をうながした。

「あるいは……たとえ死に至るほどの毒でも、そうと悟られずにすむことを見越したのかもしれない」

「なに？」

「馬上槍試合で、あえて致命傷を負わせてしまうのさ。そうすれば死因は事故でかたづけることができる」

「そんな」

あまりにも残酷な狙いに、アレクシアは言葉をなくす。

「もちろんそこまでの事故は稀(まれ)だけれど、彼の対戦相手が尋常ではない戦いかたをする可能性を、ぼくたちは実際に危惧(きぐ)していたはずだ」

「レアンドロス殿下か……」

アレクシアは身をふるわせた。

あの決戦において、勝負の決め手となったレアンドロスの一撃は、たしかにまっすぐにガイウスの喉を狙っていた。

馬を駆けさせた両者が交錯した刹那——アレクシアはまさにその槍先がガイウスに直撃するさまを、まのあたりにしたように感じた。間一髪で撥ねのけていなければ、おそらくあの鋭い突きが命取りとなっていただろう。

「ではローレンシアの臣が毒を？」

おそるおそる問うと、アシュレイは慎重にかえした。

「どうかな。王太子が命じたと考えるのは、短絡的な気がするけれど」

「たしかに……殿下は毒などに頼らずとも、ガイウスと互角の戦いができるだけの実力をお持ちだ。そのような卑劣な罠をしかけるよりも、手応えのある一騎打ちを楽しむことを好まれるだろう」

アレクシアが思案げにつぶやいたときだった。

「さすがは聡明なる女王陛下。洞察力に優れておいでだ」

ふたりは息を呑んでふりかえる。そこには闇から浸みだすように、異国の王太子がたたずんでいた。

「……なぜこちらに」

おもわず洩らしたアレクシアを、レアンドロスは鷹揚にながめやる。

「野暮なことをお訊きになる。あなたのお姿を捜しに、退屈な宴からさまよいだしてきたのですよ」

「それは……長く中座をいたしましてご無礼を」

アレクシアがぎこちなく詫びると、レアンドロスは愉快そうに口の端をあげた。

「ひとめを忍び、意中の相手との逢瀬をお楽しみかと耳をそばだてれば、グレンスター家の従兄殿とじつに興味深い話をされていたようだ」

漆黒の双眸が篝火を照りかえし、妖しくきらめいた。

たまらず喉を上下させるアレクシアをかばうように、アシュレイが進みでる。

「レアンドロス殿下。あなたは決戦で対峙されたアンドルーズ卿の異変に、いち早くお気づきでいらしたのですね」

ごまかしは不要と判断したのだろう、アシュレイが率直にきりだすと、レアンドロスは不敵に目をすがめた。踏みこんだ語らいは、彼としても望むところらしい。

「当然だ。いかな思惑であれ、わたしに勝ちを譲るつもりにしては手の抜きかたが不自然だった。痛みをこらえるような身のこなしから、およそ裏で妨害工作でも受けたのだろうと勘繰ったが、まさか毒を盛られていたとはな」

そのくちぶりを真に受けるなら、こたびの謀はレアンドロスの与り知るところではないようだが。

アレクシアはとっさの判断に迷うが、アシュレイはためらいなく続けた。

「それゆえあなたは、アンドルーズ卿を完膚なきまでに打ち負かすことを、潔しとされなかったのですね」

ひょっとしてアシュレイは、レアンドロスが手負いのガイウスを相手に、あえて手加減をしたと考えているのだろうか。

レアンドロスはおもしろがるように片眉をあげる。

「ほう。なぜそうと？」

「わたしも武門の生まれですから、眼(め)だけはそれなりに肥えています。殿下の攻めはいとも鋭く、かつ狙いも正確でした。しかし勝敗を決したあの一撃のみ、槍先の勢いがわずかに削(そ)がれたように感じたのです。あなたはあえて隙を生じさせるために、騎槍を握る力をゆるめられたのではありませんか？」

アレクシアは当惑する。アシュレイの直感が正しいなら、なぜレアンドロスはみずから敗者となることを選んだのだろう。公正さにこだわるそうした姿勢こそ、彼には似つかわしくない気がする。

息をひそめて反応をうかがうと、

「たしかにそなたの見抜いたとおりだ」

はたしてレアンドロスはくつくつと笑いだした。

「だがわたしが負けたのはほかでもない、おのれの手は汚さずにこのわたしを利用しようとした輩の思惑を、打ち砕いてやるためさ」

軽蔑のちらつく口調は、すでに見知った誰かに向けられているようでもある。

アレクシアは遠慮がちにたずねた。

「もしや殿下にはお心当たりが？」

「お知りになりたいか？」

「さしつかえなければ」

もちろん知りたいに決まっている。

しかしこちらの切実さとは裏腹に、

「さしつかえはあるな」

「……え？」

レアンドロスは一転して冷ややかに告げた。

「たとえお教えしたところで、あなたがわたしの妃になることはあるまい。ただひとりの男のために、無数の求婚者をねぎらう祝宴すら放りだしてはばからないあなたのふるまいこそが、すべてを語っておいでだ」

容赦なくなじられ、アレクシアはうろたえずにいられない。

「それとこれとは……」

「同じことなのですよ。あの近衛隊長さえいなくなれば、あなたもじきに結婚に踏みきるだろうにと、わたしを唆した者がいたのですからね」

「……唆した？」

動揺のままにくりかえしたアレクシアは、不吉な直感に息をとめた。

みずからの手は汚さずに、相手を操ることで利を図ろうとする——まさしくその傾向が疑われる求婚者について、ディアナたちが警告を発してきたばかりではないか。

ラングランド王太子ヴァシリス。

すべては彼のさしがねか。

そもそも準決戦の時点で、すでにガイウスの様子がおかしかったというのは、あくまでヴァシリスの主張でしかない。おそらくあの発言こそが、いざというときのおのれの潔白を担保するための、めくらましだったのだ。

あとは挑発に乗ったレアンドロスが、自滅するのを待てばいい。

そう——自滅だ。殺意があろうとなかろうと、ガイウスの命を奪った者をアレクシアが夫に迎える気にはなれないだろうことを、ヴァシリスは知っていた。

結果として求婚争いからレアンドロスが脱落し、なおかつ最大の障害であろうガイウスも消えれば、いずれは自分に伴侶の座が転がりこんでくる。

ヴァシリスがそう読んで動いたのだとしたら、この状況はアレクシアの隙こそが招いたといえる。

アレクシアはたちまち足許から崩れ落ちそうになる。

しかしレアンドロスは追い打ちをかけるように、

「そのまなざしだ」

ゆらりと距離を詰めてきた。

アレクシアはなんとか踏みとどまり、喘ぐように訊きかえす。

「……なんです？」

「彼の近衛隊長がからむたびに、あなたは燃えさかる恋情にとらわれていることをご承知か。その煌めくような激しさもあなたの魅力とはいえ、婚約者であるわたしをよそに愛を育んでいたとあっては、さすがに心穏やかではいられないものでね」

いまやそれが謂れなき非難とはいえないことに、アレクシアはうしろめたさを刺激されながらも、たどたどしく訴える。

「おそれながらあの者とは、主従の絆で結ばれている以上の仲ではございません」

「身も心も捧げているわけではないと？」

「……はい」

屈辱をこらえ、決して一線を越えてはいないのだと、暗に伝える。

異国に嫁ぐ定めの王女として純潔を守り、ローレンシアを——レアンドロスを欺き続けていたわけではないことだけは、納得してもらわなければ。

するとレアンドロスは、含みのある笑みを浮かべた。

「ではあなたは男の愛のなんたるかを、いまだご存じではないわけか」

暗い双眸に情念の焔をゆらめかせ、彼はまた一歩、こちらに足を踏みだす。

「いっそあなたを暗がりにひきずりこみ、わたしがその味を丹念にお教えすれば、あなたの頑なさにも変化があるだろうか」

アレクシアはたまらず頬をこわばらせた。

レアンドロスのほのめかしは、その気になればいまここで、力ずくでアレクシアを組み敷くこともできるのだと、脅しをかけているも同然である。

足がすくみ、レアンドロスの腕がみるまに迫るが、魔力で喉を締めつけられたかのように悲鳴をあげることすらできない。

「お控えを！」

鋭い声を放ったのはアシュレイだった。

その手はすでに腰の剣をつかみかけている。

「たとえ王太子殿下であろうと、それ以上のおふるまいを見逃すことはできかねます」

「わたしに剣を向けるつもりか」

「……あなた次第です」

ここで剣を抜かせてはおしまいだ。どう転んでも、悪い結果しかもたらさない。その絶望感が、アレクシアにようやく冷静さをもたらした。

「アシュレイ。退きなさい」

かすれ声を絞りだすが、対峙したふたりは睨みあいをやめない。

「アシュレイ」

懇願の呼びかけに、ほどなく苦笑を洩らしたのはレアンドロスのほうだった。

「ほんの戯れだ。そういきりたつな」

肩をすくめていなすと、すぐには警戒を解かぬかまえのアシュレイから、アレクシアに視線を移した。

「女王陛下」

おもむろにかしこまり、端然と頭を垂れる。

「じつに名残惜しいことですが、ローレンシアの使節団は近く帰国の途につく仕儀となるでしょう。どうやらあなたは、わたしの求婚に応じるおつもりがないようだ」

「………」

この期に及んで意向をはぐらかすこともできかねて、アレクシアは息をひそめるように続きを待つ。

するとレアンドロスは伏せていた双眸をあげ、挑むように若き女王を見据えた。

「だがお忘れなきよう。わたしに無駄足を踏ませた代償は、高くつきますよ」

そう告げるなり、凍りつくふたりを残して身をひるがえす。

もはや社交に加わる義理もないとばかりに、宴の光に背を向けたその姿が、やがて内庭の暗がりに溶けて消えるまで、アレクシアは身動きひとつできずにいた。

そんな彼女をおちつかせるように、アシュレイがささやく。

「ただの負け惜しみだよ。まともに受け取るまでもない」

「そうなのだろうか……」

「アレクシア」

立ちすくむアレクシアの両腕をつかみ、アシュレイは正面から顔をのぞきこむ。

「いいかい？　ローレンシアがあくまできみとの婚姻にこだわり続けるなら、いずれ交渉が決裂するだろうことはわかりきっていたはずだ。そうだろう？」

アシュレイはけんめいに訴える。

「だから気に病んではだめだ。今日の試合の結果のせいでも、きみが対応を誤ったわけでもないのだから」

アレクシアはかろうじてうなずきかえした。

アシュレイの言葉を、安易な気休めと感じたわけではない。

しかしアレクシアには、レアンドロスの忠告がすでになにかしらの心積もりをも含んでいるように聴こえてならなかったのだ。

不吉な置き土産（みやげ）の残響が、頰をなぶる夜風のざわめきと渦を巻くように、いつまでも耳の奥から離れてくれなかった。

ガイウスの枕許には、コルネリアがついているという。

ウォレス侍医らとともに、夜を徹して息子を看（み）るつもりでいるようだ。

連絡役を務めてくれたタニアが、内廷の階段をのぼるアレクシアに伝える。

「アンドルーズ侯とルーファスさまは、ひとまず外廷の私室で仮眠をとられるとのことでした。頻繁に出入りをくりかえしてはいらぬ臆測を呼ぶおそれがあるので、容態に変化があれば知らせてほしいと」

「お気を遣わせてしまったな」

家族が生死の境をさまよいかけているときに、見舞いすら遠慮させてしまうとは。

考えてみればこの半年というもの、ガイウスの身にふりかかった数々の苦難に、アンドルーズ家の人々はどれだけ気を揉（も）んだことだろう。

アレクシアの即位にようやく安堵したものの、政情がおちつきかけた矢先にふたたび命が脅かされるとは、すべてはアレクシアとかかわらなければ避けられた災いだと、憤りをおぼえているかもしれない。

なによりアレクシア自身が、そう感じずにいられないのだから。

それでも――だからこそコルネリアからどんな言葉を浴びようと、甘んじて受けとめる覚悟だった。

幸いにも今宵の祝宴は、なごやかなままお開きとなりそうだ。

ふたりの王太子がそれぞれに駒を進め、かつ女王の近衛隊長の圧勝とはならずに、若さゆえの脆さもかいまみせたという顚末は、大多数の者にとって受け容れやすいものだったのだろう。

これまで面識のなかった対戦者同士が、旧知の友のように打ち解け、熱心に語りあっているさまもうかがえた。

そんな収穫をもたらした一番の功労者ともいえるガイウスが、卑劣な毒にさいなまれているなど、ありうべからざることだ。

アレクシアは意を決して、ガイウスの私室に踏みこんだ。

たちまち驚くほどの熱気につつまれる。なるべくガイウスに汗をかかせ、毒を抜くためだろう、燃えさかる暖炉に助手の少年が薪をくべている。

交代で少憩をとっているのか、ウォレス侍医の姿はない。代わりにコルネリアが寝台に身を乗りだし、ガイウスの額を拭っていた。

外套をタニアに預け、アレクシアは小声で呼びかける。

「コルネリアさま」

「女王陛下……」

こちらをふりむいたコルネリアは、気丈にほほえんでみせた。

「このような夜更けにお越しいただくとは、さぞやお疲れでございましょう」

まっさきに気遣われたとたん、アレクシアはたまらなくなった。

必死に塗り固めた心の堰がみるまに決壊し、どっとあふれる涙とともに、用意していた言葉もすべて押し流されたかのように、子どもじみた嗚咽がとまらなくなる。

もはやどうにもならず、手の甲を口許に押しつけながらしゃくりあげると、

「まあ。なんておいたわしいこと」

すかさずかけつけたコルネリアが、その腕にアレクシアをだきしめた。

うながされるままに、やわらかな胡桃色の髪に顔をうずめながら、

「どうか……どうかお許しください。なにもかもわたしのせいなのです」

たどたどしく絞りだすと、コルネリアはふるえるアレクシアの背をなでた。

「わたくしがお詫びいただくことなど、なにもございませんわ」

いとも優しい声音に、またも涙がこぼれる。

「ですがあなたのご子息が……」

「むしろわたくしは感謝しているのです。陛下が息子の望みを撥ねつけず、ガーランドのために存分に力をふるう機会をお与えくださったことを」

アレクシアは首を横にふり、呻くように吐露した。

「わたしの失策が追いこんだのです。ガイウスがみずからそうせねばならぬよう、わたしが仕向けたも同然です」

「それがなおさらお辛かったのですね」

アレクシアはかすかにうなずく。

「我が身を裂かれるほどに」

「よくお耐えになられましたわ」

不安にむせぶ幼子をあやすように、コルネリアはささやきかける。

「けれどももはやお心を痛めることはありません。至らぬ息子ですが、こたびばかりは立派にやり遂げたのですから」

「ですが矢毒の影響が……」

コルネリアの肩越しに、寝台に横たわるガイウスをうかがうと、やはり苦しげな呼吸をくりかえしている。

「幸いにも衰弱がひどくなる様子はありません。このまま徐々に毒が抜けてゆけば、数日で快方に向かうはずだとウォレス侍医も仰せです」

決して楽観はできないが、希望はあるということだ。

わずかに身を離したコルネリアは、あらためてアレクシアと視線をあわせる。

「ですからここはわたくしに任せて、今宵はもうお休みくださいませ。おそれながら陛下のほうこそ、いまにも倒れ伏してしまいになりそうな、ひどいお顔色をなさっておいでですよ?」

アレクシアはぎこちなく苦笑した。

「お見苦しくて恐縮です」

「どうか御身をお大切に。息子のためにも」

「心がけます」

それでもこのまま辞すのは耐えがたく、

「ほんのしばらくそばにいても?」

「もちろんお望みでしたら」

アレクシアは寝台に近づくと、その隅に腰をおろした。

燭台(しょくだい)の光の加減か、眼窩(がんか)の影がやつれの濃さを感じさせて痛々しい。閉ざされたままの瞼(まぶた)をみつめながら、アレクシアはささやいた。

「コルネリアさま。ひとつ不躾なことをうかがってもかまいませんか」

「なんなりと」

わずかなためらいをふりきり、アレクシアは続ける。

「武人の妻として、母として、いったいどのような覚悟をお決めになれば、あなたのように泰然たるお心持ちを保つことができるのでしょう」

コルネリアは沈黙した。すがるようなその問いに至るまでの、アレクシアの心情を汲みあげるように。

そしてほがらかに告げた。

「そうですわね。秘訣は割りきることでしょうか」

「割りきること」

「もはや死んでいるものとみなすのです」

「え?」

ぎょっとしてふりむくと、コルネリアはさらりとかえした。

「戦地に赴いている者たちが、もしもいまわたくしのそばにいたら、いったいなにを考えどうふるまうものか、つぶさに想像をするのですよ。そのうちに実際にそこにいるかどうかなど、些細な違いにすぎないという心地になりますわ」

「あたかも亡き者の魂と交流を続けるかのように?」

「理解がお早いこと」

コルネリアは悪戯な微笑を浮かべた。

「ときには相談をもちかけ、ときには不満をぶつけ、ひとり忙しくしていればさみしさを感じる暇もございません。もっとも夫婦喧嘩をするには、平手打ちのひとつもお見舞いできないところが、少々ものたりなくはありますけれど」

アレクシアは目を丸くした。

「侯に平手打ちをなさるのですか？」

「ほほ。ご経験は？」

「ありません！」

「あれはなかなか爽快なものですわ。よろしければ、小気味好い打ちかたをお教えいたしましょうか？」

「ぜひにも」

秘密の約束をかわし、ふたりはちいさく笑いあった。

依然として状況は深刻ながら、さりげなくアレクシアの心を解そうとするコルネリアの優しさが、ふんわりと胸に沁みてゆく。

だがコルネリアがいまの境地に至るまでには、おそらく短くない葛藤の年月があったのではなかろうか。

それを自力で乗り越えてみせたコルネリアの強さに、アレクシアはひそかに胸打たれながら、これからのガイウスとの向きあいかたにも、ようやくたしかな道標をつかめたように感じていた。

真摯なまなざしをあげ、アレクシアは伝える。

「ご助言ありがたく心に留めておきます」

「どうかご辛抱強くあられませ」

「――はい」

焦らず驕らず、一時の感情に流されて、みずから望んだ幸福をつかみ損ねることのないように。

それはガイウスの母親としての、厳しくも愛に満ちた激励であろう。

コルネリアはあらためて、寝台の息子をながめやった。

「じきに目を覚ましますわ。打たれ強さがこの子の一番の取り柄ですもの」

切実なささやきに、アレクシアは祈りをこめてうなずきかえす。

そしてふと気になり、

「ではその次は？」

「さあ……顔かしら？」

小首をかしげ、コルネリアはそらとぼける。

アレクシアはたまらず噴きだし、折悪しくやってきたウォレス師を、いたく困惑させたのだった。

ガイウスの熱がさがり始めたのは、翌々日の午後のことだった。

朦朧としていた意識も、ようやくはっきりしてきたとの報せに、アレクシアは枢密院の会議を早めにきりあげ、内廷に急いだ。

アシュレイを連れてガイウスの私室をたずねると、朝に顔をあわせたコルネリアの姿はすでになかった。

代わりに付き添いを務めていたウォレス師が、

「ご子息の症状がおちつきましたので、さきほど暇を告げられました。陛下のお取り計らいに、あらためて感謝をお伝えしたいと」

そう説明し、かたわらの円卓に目を向けた。

「ちょうど食餌を用意したところです。ほんの軽いものばかりですが、体力の快復のために、わずかでも口にしていただけたらと」

「さしつかえなければ、わたしが給仕を」

「さようですか」

ウォレス師はほほえましげに目許（めもと）をゆるめ、

「たしかにそのほうが、卿も食欲を増されることでしょう。なにしろ——」

なぜかはっとしたように口をつぐんだ。

アレクシアは怪訝（けげん）なまなざしで、

「なにしろ？」

続きを求めると、穏和な侍医はやや気まずげに白状した。

「つまり……卿は熱に浮かされながら、幾度も女王陛下の御名をお呼びになられておいでしたので」

絶句したアレクシアの頰は、たちまち朱に染まった。

アシュレイもとっさに顔をそむけ、しきりに肩をふるわせている。

「もちろん助手ともども、決して他言はいたしませんので、ご安心ください」

身を乗りだすように誓われて、アレクシアは羞恥に首をすくめた。

「……そう願います」

「ではわたしはしばらくさがっておりますので」

「ぼくもあらためて見舞いにうかがうことにするよ」

アシュレイも気を利かせたつもりか、笑いをこらえながら伝える。

ふたりは速やかに部屋を辞し、静まりかえった部屋に残されたのは、所在なくたたずむアレクシアと、寝台で身動きひとつせずにいるガイウスのみ。

アレクシアは心を決め、そちらをふりむいた。

「ガイウス。目を覚ましているな」

「…………はい」

観念したようにガイウスが瞼をあげる。

アレクシアはつかつかと枕許をめざし、満身創痍の近衛隊長をながめおろした。

「顔が赤いな」

「姫さまも」

「誰のせいだと？」

「まことに迂闊でした」

「ディアナばかりを責めてはいられないな」

「……そうかもしれません」

しぶしぶながら認めるさまが、いかにもガイウスらしい。

そんな気のおけないやりとりが、ごく自然にできること。ただそれだけで、アレクシアは魂のこわばりが雪解けのようにほどけてゆくのを感じる。

身をもたげようとするガイウスを押しとどめ、

でもある。

高熱に侵された名残りだろうか、こちらの姿を映した紺青の双眸は、どこか夢みるよう
でもある。

アレクシアはそっと問いかける。

「うなされるほどに悪い夢でもみていたのか？」

「あれを夢といえるかどうか……わたしはどこもかしこも焼きつくす劫火の海から姫さまを早くお救いしなければと、ただそれだけを欲していたようですが」

「おかしなことを」

アレクシアは苦笑いする。

「毒の劫火にさいなまれていたのは、おまえのほうではないか」

「ですが燃えさかる焔は、火の粉を撒き散らすものです」

不変の悟りを含んだそのくちぶりに、

「……たしかにそうだな」

アレクシアは目を伏せた。とたんに心の臓を貫かれるような痛みがよみがえり、敷布に投げだされたガイウスの腕に手をのばすと、

「いけません。穢れております」

ガイウスはとっさに遠ざけようとする。

だがアレクシアはいち早くその指先をとらえ、

「かまわない」

両手でつつみこむように持ちあげると、頬にあてがった。

かたく目をつむり、その熱を、脈動を、アレクシアが全霊で感じようとするさまに息を呑んだガイウスは、やがて抵抗をやめ、されるがままになることをおのれに許した。

アレクシアはささやく。

「おまえが倒れ、あたかもこの世の終わりのような心地になった。せめて苦しむおまえを力づけようと、膚(はだ)にふれることもかなわなかった。ただただおまえのぬくもりが恋しくてたまらなかった」

「姫さま」

「もはやおまえがこの世の者ではなかろうと、いつもそばにあると感じられるだけの境地にはほど遠い」

「この世の……なんです？」

訊きかえすガイウスの声は、困惑を含んでいる。

アレクシアは目を開け、真剣な面持ちで伝えた。

「コルネリアさまの教えだ。武人の妻として、そのようなお心持ちに至るまでに、鍛錬を積まれたと」

「……母の戯言など、どうぞお聞き流しください」

ガイウスはいかにもいたたまれないように身じろぐが、

「そうはいかない。とても含蓄のある示唆をいただいたのだから」

アレクシアは首を横にふり、

「ガイウス」

あらためて呼びかけた。

「わたしたちは長くそばにいたがゆえに、おたがいをわかりあえているような気になっていたのかもしれない」

とまどうガイウスの手を胸許にだきしめ、絞りだすように訴える。

「けれどそれは、おたがいのかつての務めに縛られたもので……わたしたちはそれを直視しないままに、これまでの日々をやりすごしてきただけではないだろうか」

ガイウスは息をとめ、アレクシアの真意をつかもうとするように、慎重に緑柱石の瞳をのぞきこんだ。

「こたびのきっかけがなくとも、いずれは決定的なわだかまりが生じたと？」

「おまえの望みも、わたしの望みの在り処すら定かではなくなり、おたがいの不信と不安ばかりが募り募って――」

「ただ終わらせたくなる」

「わたしはそんなことにはしたくない」

ふるえる声で告げたアレクシアを、ガイウスは愛おしげにみつめる。

「ならばいまこそ変わろうとしなければ。そうですね？」

「おまえは？」

「望むところです」

やつれた頬に、ガイウスはほのかな笑みを刻む。それを認めたとたん、アレクシアの目の縁から、つうと涙がこぼれ落ちた。

「なぜお泣きに？」

「わからない。嬉しくて、恐ろしくて」

「恐ろしい？」

その苦しみを吸いとろうとするかのように、ガイウスは指の背でやわらかくアレクシアの涙を拭う。

「わたしはこの国の君主なのに、いまやおまえと添う以外の未来が考えられない。それがどんな結果を呼ぶことになるかもわからないのに」

「かならずやふさわしい者になります」

揺るぎない決意を受けとめ、アレクシアは濡れた目許に微笑を宿らせた。

「ではその第一歩は、すでに成し遂げたな」

「槍試合の決戦にまで駒を進めたことですか?」

「そうとも。正真正銘おまえの実力でつかんだ栄誉だ」

与える機会のなかった称賛を、アレクシアはようやく口にする。

「しかしあの決戦は」

「レアンドロス殿下があえて負けられた。そうなのだろう?」

「お気づきでしたか」

「アシュレイが見抜き、ご本人もそうとお認めになった」

「わたしに慈悲をかけられたというわけでは……」

「だとしてもそれだけの理由ではなさそうだ」

ガイウスの生死をめぐり、影でうごめく思惑について、アレクシアがたどりついた結論を伝えると、ガイウスは苦く息をついた。

「やはりヴァシリス王太子ですか」

「心当たりがあるのか?」

「ええ」

ガイウスは大儀そうに上体を枕にもたせかけ、右手をさしだしてみせた。蜂に刺されたかのような痕は、いくらか腫れがひいてきたようだ。

「準決戦を終えて下馬し、殿下と握手をかわしたとき、親指のあたりに針で突かれたような痛みが走りました」

アレクシアは目をみはる。

「ではその一瞬のみを狙って？」

「革手袋にあらかじめ細工でもしていたのでしょう」

「まさかみずからの手で、おまえを陥れようとなさるなんて」

「痛みそのものはさほどのものではありませんでしたので、裂けた騎槍の破片でも掠めたものかと、気に留めませんでした。すぐにも決戦に備えねばなりませんでしたし、急激に襲いかかる四肢のだるさが、ただの疲労ではないことを悟ったときには、すでにセルキスに跨っておりました」

そんなガイウスの心理も、計算に入れていたというのか。

なかば呆然としながら、アレクシアはつぶやく。

「あまりに大胆な所業だな……」

「それこそ殿下がわたしの死を望んでいた、なによりの裏づけとなりましょう。続く決戦でわたしが命を落とせば、誰の仕業か証言できる者もいなくなります」

「死人に口なし——か」

レアンドロスの気まぐれのような手加減があればこそ、ガイウスの命の糸はかろうじてつながれたも同然だった。

そのきわどさに、アレクシアはあらためて血の凍る心地になる。

「おまえの諫言に、もっと耳をかたむけるべきだったな」

「わたしの？」

「あのかたの危うさに、用心をうながしていただろう」

「子どもじみた悋気にすぎぬとお考えでしたか？」

「まあ、いくらかは」

アレクシアは居心地悪く目を泳がせる。

そのさまに苦笑を洩らしたガイウスが、やがてひそやかに問いかけた。

「ですが姫さまは、殿下の求婚に心動かされておいでではありませんでしたか？　つまりガーランドの未来のためには、それが最善の選択となりえるのではないかと」

「たしかに……殿下の描かれるエイリン島の未来には心惹かれた」

できるかぎり私情を排しながら、アレクシアは冷静な言葉を紡いでゆく。

「わたしと殿下がおたがいに両国の共同統治者となり、いずれはひとつの国家として次代の君主がこの島を統べるようになれば、いつまでも大陸の思惑にふりまわされることなく対等に渡りあえるようになるかもしれない」

ガイウスは口を挟まず、かすかな相槌のみで応じる。

「だがもしもわたしが、王位継承者にふさわしい子女をひとりのみならずもうけることができたとしたら？　そもそもが不満を内包した統合だ。ともすれば彼らは君主の座を奪いあい、骨肉の争いがふたたび両国を分裂させることになるやもしれない。あるいはひとりの子も生すまえに、わたしの身にもしものことがあれば？」

輝かしいはずの未来には、たちどころに暗雲がたちこめる。

ガイウスはいかにも認めがたいように、目許をゆがませた。

「残された夫君のヴァシリス殿下が、ガーランドに君臨する理由を与えることになるわけですね」

アレクシアはうなずき、慎重に続けた。

「ディアナたちによれば、殿下には先のラングランド王妃を自死に追いやった疑いがあるらしい」

「亡きウィレミナ妃を？　みずからの生母をということですか？」

「ああ。おまえを陥れた手並みからしても、おそらく事実なのだろう。だがおかげで確信できた。もしもなんらかの理由でわたしが邪魔になれば、殿下はためらいなく排除なさろうとするはずだ。たとえ命までは奪われずとも、錯乱したとして小夜啼城に幽閉されるかもしれないな」

アレクシアは冗談めかすが、ふつりと笑みを消してガイウスをみつめた。

「だがそれはガーランドのためにはならない」

「おそらく内乱を誘発することになりましょう」

「だからわたしは求婚を受けるわけにはいかない」

みずからを——そしてガイウスをも納得させるために、アレクシアは宣言する。

その決断がもたらす結果を受けとめ、ともに背負う面持ちで、ガイウスもアレクシアをみつめかえす。

「ではどのように対処を？」

「ん……ラングランドの内情を考えれば、殿下との決裂が表沙汰になるのはこちらとしても避けたいところだ。母国に不穏な動きがあることをお伝えし、ひとまずは穏便に帰国をうながすのが賢明だろう」

「ですが第二王子派を牽制するためにも、なんとしても姫さまとの婚約を取りつけようと粘るかもしれません。ともすると——」

「ディアナの存在を脅しに用いてくるか」

「それを躊躇する御仁ではないでしょう」

「ならばこちらも毒の謀について持ちだすまでだ」

「しかし殿下がそれを為したと、証明することはできませんが」

「それでもこうしておまえが快復したからには、すでにこちらが真相に勘付いていることを、あちらも悟らざるをえないだろう。おたがいに痛い腹はさぐらないという条件で、手打ちにできるはずだ」

ガイウスは胸の底からため息をついた。

「殿下の弱みを握れたという意味では、わたしが苦しんだ甲斐(かい)もあったわけですね」

「それが一番の功労かもしれないな」

アレクシアは痛ましげに笑み、

「その功労者には、褒美としてしばらくの休暇を与えたことになっている。退屈であろうが、いまのうちに安心して養生するといい」

「ご配慮に感謝します」

「望みがあれば、なんでも伝えるように。事情を心得たダルトン卿やアシュレイが、様子をうかがいにくるだろうから」

「姫さまはおいでにならないのですか?」

「もちろん見舞うとも。だがあまり長居はできないから、おまえが目を覚ましているともかぎらないだろう」

「では夕餉(ゆうげ)のあとはいかがです?」

めずらしくもねだるように、ガイウスがたたみかける。

「急にどうした?」

アレクシアは片眉をあげた。

「エリアスのように、寝物語でも所望するつもりか？」

「はい。心ひそかにお羨ましきことと、長らく憧れておりましたので」

「な……」

真顔で告白されて、アレクシアは唖然とする。そしてまさにいま、ガイウスがその身を横たえている寝台にみずからが添い寝をするさまをありありと想像してしまい、たちまち頬が燃えあがった。

「お、おまえは療養の身でありながら、なんという破廉恥なことを——」

「冗談ですよ」

「嘘を吐け」

「嘘のほうがよろしいのですか？」

「うるさいぞ」

いとも楽しげなガイウスを睨みつけ、

「病みあがりだからといって、調子に乗りすぎだ」

火照る顔を隠すように立ちあがる。とはいえアレクシアにも、ガイウスをねぎらいたい気持ちがないわけではないのだ。

円卓から麦粥の椀を取りあげ、ふたたび寝台に腰かける。

「無駄口をたたく暇があるのなら、残さずたいらげて力をつけろ」

ひと匙の粥を口に含めば、蜂蜜のほのかな甘みを感じる。

「うん。いくらか冷めているが美味しい」

アレクシアは匙に粥をすくい、ガイウスの口許に近づけた。

「ほら」

しかしガイウスはめんくらったように、くちびるを動かそうとしない。

「どうした。エリアスと同じようにしてほしいのだろう？」

「ですが……よろしいのですか？」

アレクシアは照れ隠しに肩をすくめる。

「普段はわたしがおまえに甘やかされてばかりだからな。こんなときくらいは逆を演じるのも一興だろう」

「なるほど」

ガイウスは夜空の瞳に、悪戯な笑みをひらめかせた。

「では明日もわたしの世話を？」

「おまえがそう望むなら」

「では明後日は？」

「ガイウス……」

「冗談ですよ。もちろん」

半眼のアレクシアに笑いかけ、ガイウスはおもむろにかしこまった。

「明日にも床を離れ、一刻も早く職務に復帰するべく努めます」

「その意気だが、決して無理だけはするな。わたしにとって、それにいまやガーランドにとっても、おまえの代わりが務まる者はいないのだから」

「そのお言葉がなによりの薬です。ただ——」

ガイウスはアレクシアの頰に手をのばす。

「いまひとつの特効薬をいただいても？」

「特効薬？」

「こちらに」

そうささやくなりガイウスは身を乗りだし、ふいに荒ぶる春の風のように、若き女王のくちびるを盗んでのけたのだった。

春の呼び声はまだ遠い。

だが戴冠の時期に比べれば、ずいぶんと陽（ひ）の沈みが遅くなってきた。

半地下の牢獄(ろうごく)にも、季節の移ろいがいくらかは届いているだろうか。

そんなことを考えながら、アレクシアは異母兄ウィラードの独房に向かっていた。

いざ牢の入口に至る階段をおりようとすると、つき従うアシュレイがいかにも気がかりそうにささやいた。

「アレクシア。本当に殿下と対面するつもりかい？　処刑の日取りを通告するなら、ぼくが代わりに……」

「ありがとう。だがわたしなりのけじめをつけたいんだ。さすがに執行に立ち会う勇気はないが、兄上にもなにか伝え残されたことがあるかもしれないから」

「罵詈(ばり)雑言を浴びせかけられることになってもかい？」

「そんなときのために、そなたに同道を頼んだんだ」

「復帰を控える近衛隊長ではなく？」

「剣を抜かない自制心では、そなたのほうが信頼できるから」

「あまり褒められている気はしないけれど」

「それは残念だ。宮廷貴族の扱いでは、いつもそなたの冷静さや慎重さに助けられているというのに」

「御しやすそうな若造だと、侮られてもいるけれどね」

「そうした油断すら利用して、相手を取りこもうとしているだろう？」

「まあね。そのおかげかどうか、いまや一部の保守的な貴族のあいだでは、ぼくをきみの伴侶に推す声が高まっているようだよ」

「えっ⁉」

ぎょっとして身を退くと、

「いまのきみ、ものすごく嫌そうだったね」

いかにもおかしそうに笑われて、アレクシアはたじたじとなる。

「嫌というか、いまさらそんなこと……そなただって考えられないだろう？」

「それはそうだけれど、ある意味もっとも順当な選択ともいえるよ。異国の王族に対する警戒は、身分を問わず根強いものだ。国内貴族の最高位で、なおかつ女王の従兄でもあるぼくが相手なら、血の結びつきとしてもこれ以上ないほどに強固になる」

アレクシアは納得の息をついた。

「考えてみればグレンスター公も、それを望んでいらしたのだったな」

「うん……あれは父の妄執ではあったけれど」

いざとなれば抵抗なく認められるだろう目算はあったのだ。

「つまりぼくが言いたいのは、ふさわしい時機がおとずれるまでは、ぼくを隠れ蓑（みの）にしてもらってもかまわないということさ」

「時機？」

「だってきみたちは覚悟を決めたのだろう?」

アレクシアはまじまじとアシュレイをみつめる。なんのことかは、訊きかえすまでもなかった。

「それはガイウスから?」

アシュレイは首を横にふる。

「それくらいわかるよ。彼が快方に向かってからというもの、ふたりそろって晴れ晴れした様子なのだから」

「……お気楽ですまない」

「むしろ喜ばしいよ。そうと方針が定まれば、こちらとしても地道な根まわしがしやすいからね。機が熟すまで、伴侶として可もなく不可もなくというぼくと親しげにふるまっていれば、結婚を急かす声も躱しやすいはずだ」

飄々としたくちぶりに、アレクシアは苦笑を誘われる。

「そなたのそういうところ、案外わたしは好いているのだけれど」

「なんならぼくに乗りかえるかい?」

アシュレイは片眉をあげてみせる。しかしからかいを含んだ天色の瞳は、一抹の誠意をも宿しているようだった。

もしもこたびのようなことでガイウスが世を去れば、あるいは現実の壁に阻まれて、そうした選択肢が浮かびあがる未来もないとはいえない。

そのときにみずからアレクシアの決断を拒絶することはない。それが女王の従兄として生きる覚悟なのだと、アシュレイは暗に伝えたのだ。

アレクシアも軽口めかしながら、

「それはいかがなものだろう。四六時中ディアナのおもかげをかさねられるのは、あまり気が進まないな」

「きみはきみだよ」

「ではディアナは？」

すかさず問いかえすと、

「いまのぼくにできるのは、待つことだけだから」

アシュレイは穏やかに告げ、そんな自分に苦笑いした。

「きっとこういう態度が、ぼくのだめなところなのだろうな」

「そうではないだろう」

アシュレイは公爵家の嫡男として、みずからが望めることの限界を学び、弁(わきま)えることに慣れてきただけだ。

アレクシアはあらためて、近くて遠い親族の青年をうかがった。

「アシュレイ」

「なんだい?」

「わたしは私人としての望みを優先しすぎているだろうか」

アシュレイはほのかに笑む。まるでおちこむ妹を励ますようなまなざしだった。

「たとえそうであるとしても、ぼくとしてはあえて反対する理由がないよ。有力な候補者のどちらもが、きみの伴侶にはふさわしくないことがはっきりしたし、あの試合のおかげで求婚をめぐる風向きにも変化がみられたことだしね」

「たしかに意義のある催しにはなったな」

並み居る求婚者たちが、その対抗心を公にぶつけあい、発散する機会を与えられたことで、高まるばかりだった求婚熱もいくらかおちついたようだった。

女王の直臣であるガイウスが鉄壁の楯となり、挑戦者の勝ちを許さなかったという顛末も、納得しやすいものだったのだろう。

勝者も敗者もそれぞれに女王からねぎらいの言葉をかけられ、覚えがめでたくなったとおぼしきことにそれなりの満足を得たのか、近く宮廷を辞すつもりでいる者もちらほらといるらしい。

おそらく彼らは、もとより本気でアレクシアの伴侶の座を狙っていたわけではなかったのだろう。野心家の親族から焚きつけられただけで、内心ほっとしている者もいるのではないか。

「なかには刺激的な会話ができた相手もいたのだが」

口説(くど)き文句はさておき、それぞれの領地にまつわる話題には、アレクシアも真摯に耳をかたむけた。

上の世代からの旧弊を憂い、若者らしい意欲や斬新な発想でもって、これからの展望を語る者もおり、いざ膝をつきあわせた議論ができないことが惜しいほどだった。

アシュレイはそんな心残りを察したように、

「有望な人材には、枢密院顧問官たちも目をつけているはずだよ」

「ひょっとして宮廷で登用するために？」

「もちろんきみの裁可を仰いでのことだけれど」

アレクシアは期待に胸を高鳴らせた。

「ぜひとも積極的に声をかけてもらいたい。できれば貴族にかぎらず」

「平民からもかい？」

「才気にあふれた者はどこにでもいる。身分のせいでそれを活用する機会がかぎられるのだとしたら、ガーランドにとっても損失といえるはずだ」

「たしかにそうだね」

アシュレイはこだわりなく賛同すると、

「バクセンデイル侯も、乗り気になってくださるのではないかな。王室財政の立てなおしのためにも、有能な金庫番が欲しいものだと嘆いていらしたから」

「侯にはご苦労をおかけしてばかりだな。ローレンシアとの交渉が決裂して、このところますますお痩せになられた気がするし」

レアンドロスの宣告どおり、ローレンシアの使節団はすでにランドールの港から祖国に向けて出航している。

「滋養のある薬草でも詰めあわせて贈るかい？」

「それはむしろ嫌みにならないだろうか」

「隠居を促しているようで？」

「そう」

「……ご老公の扱いは難しいな」

ふうとため息をそろえたふたりは、声をたてずに笑いあう。

そして気を取りなおすと、あらためて牢をめざした。牢番の先導に従い、施錠された鉄格子の先の、暗い通路を奥に向かう。

大逆罪による斬首刑が議会の承認を経てから、ウィラードの身柄は死を待つ貴人のための房に移されている。王族としての品位を保ちつつ、最期の日々をすごせるようにという慣例に則ったものである。

つまりかつてもそのようにして命を絶たれた貴人が、大勢いたということだ。おそらくは記録として後代に残されないかたちでも。

ウォレス侍医によれば、ウィラードは体調不良を訴えることも、与えられた環境に不満を申したてることもなく、ひたすら淡々とした日々を送っているという。

足首にからみつく冷気に耐えながら、アレクシアは案内された独房に踏みだす。

それは人里離れた修道院の、僧房のような室だった。

剝きだしの石壁の、天井にほど近い小窓から、暮れなずむ夕陽がほのかな光を投げかけている。薄墨を溶かしたような暗さは、すでに冥府との境界に魂がさまよいこんでいるかのようだ。

古びた寝台に、筆記具一式をそろえた卓と椅子。足許には行火も用意され、質素ながらひもじさを味わうほどではないはずだ。

ウィラードはその卓に向かい、気慰めに求めた書物を開いていた。

しばしば小姓が身のまわりの世話をしにおとずれるためだろう、こちらをふりむこうともしないその背に、アレクシアは意を決して呼びかけた。

「兄上」

ゆるく垂らした白銀の髪が、かすかに揺れる。

「ほう。まさかわざわざおまえが告げにくるとはな」

歌うようにつぶやくと、ウィラードは肩越しに身をひねった。

わずかに頬が削げ、深い灰緑の双眸がきわだつその美貌は、より凄みを増しているようで、庶民のごとき木綿のダブレットをまとっていても、傲然たるたたずまいはまさしく王の息子のものであった。

「処刑はいつに決めた？」

直截に問われ、アレクシアは気圧されそうになるのを、なんとか踏みとどまる。

「十日ののちに。ご遺体は城内の墓地に、丁重に埋葬いたします」

「好きにするがいい。屍の扱いに興味はない」

アレクシアはしばし言葉をつまらせる。

「……さようですか」

「どうした」

ウィラードが片眉をあげる。

「わたしから感謝の言葉を得られるとでも期待していたか？」

「いいえ」

「では謝罪か？」

「いいえ。ですがなにかお望みがありましたら、できるかぎりお応えしたいと」

「おまえがありがたくも慈悲を垂れてくれるというわけか」

アレクシアは目を伏せる。なかば予想はしていたが、やはりウィラードの態度はにべもない。

「ではなにか伝え残されたいことは」

「近しい者らには書簡をしたためた。世話になった礼にすぎないがな。どうせここに呼ぶことはかなうまい？」

「おそれながらご理解ください」

知人との面会を許せば、ひそかに処刑の妨害計画などが練られるかもしれない。可能性は低いとはいえ、危険は冒せなかった。

「書簡はご遺言としてたしかにお届けいたします」

アレクシアは数通の書簡を受け取り、アシュレイに預ける。

流麗に綴られた名は、どれも見憶えのないものだった。

ついに我慢ならず、アレクシアはみずからきりだす。

「セラフィーナ従姉さまに、なにかお言葉は？」

「いまさら伝えることもなかろう」

冷えた声音から、ウィラードの内心はうかがい知れない。

しかし続くアレクシアの沈黙に、蒼ざめた頬がかすかに動いた。

そこによぎる感情を読み取らんと、アレクシアも祈るように兄の双眸をみつめかえす。

「まさか……すでに逝ったのか？」

アレクシアは首を横にふる。

「ご存命です」

「そうか」

ウィラードは目を伏せる。

「彼女は——セラフィーナはどうしている」

ささやくように問われ、アレクシアは心を決めた。

「伝令鳩の報せでは、お安らかにすごされておいでだと」

「伝令鳩？」

ウィラードは耳ざとくつぶやき、

「ではここにはいないのか？」

「極秘裏に身柄をお移しいたしました」

とまどいに眉をひそめたウィラードは、やや遅れて目をみはる。

「小夜啼城に幽閉を？」

アレクシアはうなずいた。

「ご不満ですか？」

「……いや」

暗がりに溶けゆく石壁に、ウィラードはうつろな視線を投げかけた。

その壁の向こうのどこかの房に、もはや不在のセラフィーナの幻影を感じようとするかのように。

「彼女には住み慣れた牢だ。じきになにもかも、つかのまの夢となろう」

かつてウィラードが幽閉を解いたことも、手を結んで玉座をめざしたことも、すべてが幻であったかのように、セラフィーナはかつての暮らしをくりかえす。

その徒労を匂わせる吐息は、ほのかな慰めをも含んでいるように、アレクシアには感じられた。

だからアレクシアは告げた。

「夢の証(あかし)は残っております。そのために小夜啼城にて、夏までお健やかにおすごしいただけるようにしたのです」

「夏?」

一滴の困惑が、暗い湖のような双眸にじわりと波紋を広げてゆく。

ウィラードはわななく瞳で、アレクシアをみつめかえした。

「……まさかわたしの子を?」

「順調に産み月に近づいておいでです」

それを伝えることこそ、アレクシアがあえて獄中の異母兄をたずねた目的だった。

もしもウィラードに、わずかなりともセラフィーナを気にかけるそぶりがあれば、事実を明かすのが誠意であろうと考えたのである。

相手はもはや死にゆく者だ。おのれの血を繋ぐ存在を、この世に遺して逝くことになると知らせても、なにもできはしまい。

そのことが最期の日々に安らぎをもたらすか、あるいは心乱れさせるだけになるかどうかは、計り知れなかったが。

ウィラードはしばし呆然と息をとめていたが、やがてぎこちなく持ちあげた片手に顔を埋めた。そのまま小刻みに肩をふるわせるさまは、あたかもこみあげる嗚咽にむせぶようであったが——。

「……そういうことであったか」

見え隠れする口の端はいつしか吊りあがり、くつくつとこみあげる喉鳴りは、みるまに高らかな哄笑と化した。

アレクシアはたじろぎ、無言でアシュレイと視線をかわす。

彼もまた言い知れぬ不穏さを感じたのか、対峙する兄妹に身を割りこませようと、足を踏みだしかけたときである。

「その子は？」

おもむろにウィラードがたずねた。

「じきにその子が産まれたら、おまえたちはどうするつもりだ？」

挑むがごとき視線を投げかえされ、アレクシアの胸のざわめきはいや増してゆく。

「生まれを知らぬままに、市井で平穏な生涯を終えることができるよう、取り計らう所存です」

「そうか。そうだろうな。おまえにその子は殺せまい」

その偽善を憐（あわ）れむかのように、ウィラードは眦（まなじり）をゆるめた。

しばし伏せたまなざしをいま一度もたげ、ゆらりと椅子から腰をあげる。

「兄上？」

「もはや今生に心残りはない。他愛無い書簡を託す気も失（う）せたな」

ウィラードはアシュレイに片手をさしだす。

書簡の返却を求めているようだが、

「処分をお望みならこちらで……」

ためらうアシュレイにウィラードはみずから近づき、書簡を取りかえすべく腕をのばすやいなや、ぐいとその手首をつかんだ。

はっと息を呑んだアシュレイの手から、書簡がこぼれ落ちる。

そのときにはすでに、空いていたウィラードの手に、アシュレイの腰から抜いた短剣が握られていた。

「アレクシア。おまえの温情に報いよう」

凍りつくアレクシアをひたとみつめながら、

「その手を煩わせることなく、ここで終わらせてやる」

首に押しあてた刃を横薙ぎに払った。

とたんに熱い飛沫が頬にふりかかる。

声もなく、目をみはるばかりのアレクシアの視界から、ぐらりとかしいだウィラードの姿が消える。

アシュレイが叫んだ。

「——殿下！」

弾かれたように床を蹴り、

「そんな……なんてことを……」

くずおれたウィラードの頭を支えながら、どくどくと鮮血のあふれだす首筋にきつく手をあてがって、なんとかその勢いを押しとどめようとする。

しかしもはや無駄な抵抗だった。

手足の痙攣はみるまに弱まり、天を仰ぐ瞳は見開かれたまま、古びた鏡のようにくすんでゆく。

あとには黒くぬらつく血溜まりが、とぐろを巻く無数の蛇のごとく、地下牢の底を埋めつくすばかり。

毒霧に侵されたように、痺れる頭のかたすみで、アレクシアはぼんやりと考える。

なぜ迸ったばかりの血潮が、こうも黒いのだろう。

ああ——ついに夜がおとずれたのか。

そうと理解したとき、アレクシアの意識もまた緞帳が降りるように、暗闇に沈みこんでいった。

第6章

1

目を覚ますと、両手が黒い血に染まっている。

洗っても洗っても、こびりついた穢れを拭い去ることはできない。

そんな悪夢に、声にならない悲鳴をあげて目を覚ます夜が、もう幾日も続いていた。

今朝もタニアはアレクシアの髪を梳きながら、

「また恐ろしい夢を？」

鏡台に映りこむ主を気遣わしげにうかがう。

アレクシアはなんとか笑みをかえした。

「大丈夫。じきにおちつくだろうから」

「……ウィラード殿下もひどいことをなさるものです。ご自分の死にざまを焼きつけるかのように、あえて目のまえでお命を絶たれるなんて」

憤りと痛ましさをこめて、タニアは嘆息する。

アレクシアはいたたまれずに、鏡から目をそらした。

「せめて誇りある死を望まれたのだろう。あの機会を逃せば、あとは処刑の朝を待つしかなかったはずだから」

あるいはやはり憎い異母妹に、一矢報いてやろうとしたのかもしれない。

アレクシアが戴(いただ)いた王冠が、斃(たお)れた兄の血にまみれていることを、心に刻んで生きるがよいと。

もしくは生まれ来る我が子の身の安全のために、アレクシアをさらなる罪悪感で縛ろうとしたのだろうか。セラフィーナに対し、ただ玉座への足がかりに利用したというだけではない情をかいまみせたのと同様に。

いずれにしろその呪(しゅ)は、たしかに効果覿面(てきめん)であった。

ふいにあのとき浴びた血飛沫(ちしぶき)の熱さがよみがえり、たまらず指先で頰を拭えば、もちろんそこにはなんの痕跡もなく、アレクシアはできそこないの笑みに苦く目許をゆがめる。

「情けないな。アシュレイは毅然(きぜん)と、なすべきことをなし続けているというのに」

あのときアレクシアに代わり、事態を収束させたのはアシュレイだった。

すぐさまガイウスを呼びに走らせ、血塗(ちまみ)れのアレクシアを内廷に移すと、血の海の独房をひとまず封じたうえで、もはや隠しきれることではないと判断し、ウィラードの自害をバクセンデイル侯に伝えて公表するに至った。

もちろん宮廷には衝撃が走ったが、下手な取り繕いは避けたがために、混乱は生じずにすんだといえる。

ひとえにアシュレイの冷静で迅速な働きのおかげである。

「ですがあれでいて、ひそかに気落ちしておいでのようですよ」

小声で打ち明けられ、アレクシアは鏡の奥のタニアに視線を向けた。

「そうなのか?」

「ええ。もしもご自分の代わりにガイウスさまが同道されていたら、みすみすウィラード殿下の自死を許すことはなかったかもしれないと、悔いておいでしたもの」

アレクシアの憔悴(しょうすい)ぶりを気に病んだアシュレイが、そう洩らしたという。

「たしかにとっさの反応では、ガイウスが勝るかもしれないが……」

まだ短い髪をまとめあげる、タニアのやわらかな手つきに身をゆだねつつ、アレクシアは考える。

「もしもガイウスが相手であれば、兄上はあえて怒りを煽(あお)るふるまいをして、剣を抜かせるよう仕向けたかもしれない」

「ありえますわね」

ガーランドの法に則って裁くべき相手を、しかも丸腰でありながらこちらが斬り捨てていれば、それこそ取りかえしのつかない影響を及ぼしていたことだろう。

「そもそものきっかけなら、わたしが牢に出向いたことにあるのだし」

「そのきっかけも、ウィラード殿下の野心が招いた結果ですわ」

タニアは諭すように、アレクシアの不毛な思考を遮った。

アレクシアははっとして目を伏せる。

「考えだせばきりがない……か」

「そうですとも。ですからアシュレイさまにも、いまさらくよくよされてもしかたのないことだと申しあげておきました」

「くよくよ……」

あたかも熟練の乳母(うば)が、及び腰の子どもに発破をかけるようなくちぶりに、アレクシアはつい笑いを誘われる。

「そのとおりだな。過去を反芻(はんすう)する暇があるなら、わたしもいま向きあうべきことに心を砕かなければ」

肝心のアレクシアがしっかりしてこそ、アシュレイの憂いもいくらかは軽くなるというものだろう。

「それにしても」

アレクシアはいたずらっぽくタニアを見遣った。

「そなたとアシュレイは、なかなか相性が好いのかもしれないな」

「大雑把なわたしと、繊細なアシュレイさまがですか？」

「そうは言っていないが」

アシュレイがディアナに想いを寄せていることを知りつつ、タニアをその気にさせては酷だろうか。だがタニアの反応は、いかにも淡白だった。

「いまひとつぴんときませんわね」

結いあげたアレクシアの髪に、小粒の真珠をあしらった頭飾りをかぶせながら、

「たしかに惚れ惚れするような貴公子ぶりですけれど、それも四六時中おそばにおりますと、どうとも感じなくなりますし」

「そういうものか……」

「ご本人には秘密にしてくださいませね？」

「承知した」

しかとうなずくアレクシアの背に、タニアはふんわり紗を垂らすと、その耳許にささやきかけた。

「当面のあいだは、陛下とガイウスさまの相思相愛ぶりを最高の桟敷席で拝見させていただくだけで、わたしには充分ですわ」

いかにも満腹という口調に、アレクシアはもじもじとする。

「……やはり見苦しいものか？」

「まさか。昨日も若さまの相談にお乗りしたばかりですもの」

「相談？　わたしについての？」

「ええ。このところの陛下は食が進まぬご様子で、とりわけ朝餉をほとんどお召しあがりにならないのを、いたく気にかけていらして」

たしかに朝は悪夢の余韻が胸につかえるようで、香茶で喉をうるおすのが精一杯という日が続いている。

「それでなにか助言を？」

「すぐにおわかりになりますわ」

タニアは意味深にほほえみ、アレクシアを寝室の扉へうながす。

首をかしげながら従うと、続く主室にはすでにガイウスの姿があった。

いつもはアレクシアが朝餉を終えたころにやってくるのだが、今朝はなにやら手ずから円卓に器を並べている。

アレクシアは目を丸くして、

「ガイウス。これはなんの真似だ」

「タニアからはなにも？」

「おまえがなにか企んでいるらしいことは」

「企んでいるとは人聞きが悪い」

ガイウスは苦笑しながら、アレクシアのために椅子をひいた。

「こんなときは、かつて病みあがりの姫さまが好まれた料理を、あえてご用意したらどうかと勧められたのです」

「病みあがりのわたしが？」

「栗のポタージュと、赤葡萄酒で甘く煮た林檎を冷やしたものです。お好きでいらしたでしょう？」

「……うん」

たしかにたまの病で床に臥したあとなど、いくらかの甘えが許されるときに、しばしばねだっていた料理である。

「滋養もありますし、これならお召しあがりになれるのではないかと」

突然のことにとまどいながらも、アレクシアは席についた。

鼻先をかすめる甘い香りに、味わいの記憶が刺激される。

それでも匙を手にするまでには至らずにいると、

「試しにひとくちだけでもいかがですか？」

ガイウスは向かいの椅子をずらし、アレクシアのかたわらに腰かけた。

代わりに持ちあげた銀の匙でポタージュをすくい、身を乗りだす。そのしなやかな所作に誘われるように、アレクシアは結んでいたくちびるをほどいた。

なめらかなポタージュを口に含むと、あえて味つけを控えたのか、栗と玉葱(たまねぎ)のほのかな甘みが、優しく舌をつつみこむ。

「……おいしい」

ガイウスはほほえみ、

「よろしければもうひとくち」

ふたたび匙をアレクシアの口許に近づける。逆らわずに口をつけると、またもさほどの抵抗はなく喉をすべり落ちていった。

「これで相子だな」

気恥ずかしさをごまかすように、アレクシアは苦笑する。

「まさかわたしのほうが、おまえに世話を焼かれることになるとは」

「おかげで積年の望みが叶(かな)いました」

アレクシアは目をまたたかせる。

「こんなことが?」

「病床の姫さまを看るのは、あくまで女官たちの務めでしたからね」

「それが羨ましかったというのか? 奇特な男だな」

「愛しいかたが本調子ではないときこそ、おそばについていたいと願うものですよ」

「だからといって、わざわざ乳母のような真似をしなくとも」

「姫さまは昔から、我がままがお得意ではありませんから」

「ただの強がりだ」

「それも存じております」

ガイウスは吐息に淡い笑みを溶かした。

脆（もろ）さをも愛おしむようなまなざしがたまらず、

「あまりみつめてくれるな。ひどいありさまなのは自分でもわかっている」

アレクシアは顔をそむける。

髭をおろしたガイウスが、ささやくように語りかけた。

「あまりお気になさいますな。毅然とふるまわれていたらいたで、氷のごとく冷酷な女王であられると、陰口をたたく者もいるでしょう」

「兄上の死に、心動かされた様子がないからか」

「浅はかな邪推です」

「だがわたしは――」

アレクシアは弾かれたように顔をあげる。

「あのときのわたしは動かなかった。ほんの数歩の、手をのばせば届く距離で兄上が鮮血に身を染めながら崩れ落ちるさまを、なにもせずにながめていた」

「姫さま」

「アシュレイは必死で兄上の命を取り留めようとしていたのに、わたしはその様子をまのあたりにしてなお、微動だにしなかったんだ。まるで他人事のように」

「それは違います」

こわばるアレクシアの指先に、ガイウスが手をかさねた。

「それこそ冷酷非情なあのかたに対しても、姫さまがご兄妹の情を捨てきれずにいらした証左となりましょう。そのようなとき、死に瀕(ひん)している者が自分に近しい相手であればあるほど、即座には動けぬものなのですから」

それはただの気休めではない、苦い実感に裏打ちされた口調であった。

アレクシアははっとしてガイウスをみつめかえす。

「ひょっとしておまえにも経験が?」

「前線で戦友を失(な)くしたときに」

よみがえる痛みをこらえるように、ガイウスは目を伏せた。

「彼がまさに息絶えようとしているとき、わたしは目のまえの光景がすべて遠のいたように感じました。もう助からないだろうと理解していながら、その現実を認めることを心が拒まずにいられなかったのでしょう」

「そうか……」

「ですから姫さまの身に生じたことは、むしろ道理にかなっているというものです。殿下をあえて見殺しになさろうとしたわけでもありませんよ」

真摯に結論づけ、ガイウスはつなげた手に力をこめるが、アレクシアは素直にうなずくことができなかった。

「だがこれまでのわたしは……兄上が世を去られたら、幾許かの安堵がおとずれるのではないかと期待していたんだ。兄上はエリアスの仇といえるし、おまえやディアナの命をも躊躇なく奪おうとされたのだから」

「姫さまのお命をもです」

「そうだな。兄上は決して悔いてはおられないだろうが」

アレクシアはあらためてその現実をかみしめ、

「だからこそ死という贖いで以て、けじめをつけていただくしかない。一刻も早く終わらせたいと急いていたくらいなのに……」

「しかし平安はもたらされなかった」

「見てのとおり、このざまだ」

できそこないの自嘲に、アレクシアは目許をゆがませる。

「結局はおのれの手を血に汚す覚悟すら、できていなかったということだろう」

「覚悟がたりなかったとするなら、それはあのかたの悪辣さに対してでしょう」

ガイウスは憤懣やるかたないように、首を左右にふった。

「あえてあのような最期を選ばれるとは、みずから売った喧嘩に勝ち逃げするようなものなのですから」

「……勝ち逃げ？」

「死者は死者であるがゆえに、こちらの反撃も効きません。一方的に負わされた傷を、真に癒やす手段がないのです」

アレクシアはぽつりとつぶやく。

「もはや報復も和解もかなわないか」

ガイウスはうなずき、アレクシアの手を握りしめた。

「ですから亡霊の幻影にとらわれてはなりません。それにともすると――」

ふいにその声が途絶え、アレクシアは怪訝に目をあげる。

「ともすると？」

「いえ……わたしの考えすぎかもしれませんので」

不安を抑えこむような面持ちが気になり、

「かまわない。遠慮はするな」

アレクシアがうながすと、ガイウスは慎重にきりだした。

「おそれながらあの日に至るまでのウィラード殿下に、自死を試みる徴候がまるでみられなかったことが、妙にひっかかるのです。獄中でも騒いだり暴れたりなさらず、貴人としての尊厳を保たれたまま最期を迎えることを、おのれの矜持（きょうじ）とされているご様子でありましたので」

たしかにそうした報告が、ウォレス師からもあがっていた。

心の天秤（てんびん）を崩した者にありがちな、みずからの身体（からだ）を痛めつけるような行為もなかったため、できるだけの自由を許すことにしたのだ。

ガイウスの懸念が読みとれず、アレクシアは首をかしげる。

「だからこそ兄上は逆賊として極刑に処されるのではなく、みずからの手で命を絶たれることを選ばれたのではないのか？」

「それを望まれるのであれば、たとえばインク壺（つぼ）の破片などで首を切り裂く機会はいくらでもあったはずです。あるいは独房の石壁に、みずから頭を打ちつけて絶命に至るような手段もあります」

「………」

壮絶な死にざまを想像してしまい、たまらず頬をこわばらせる。

「もちろんセラフィーナさまのご懐妊を知り、一瞬にして心境が変わられたとも考えられますが、それにしても極端にすぎる気がしてならないのです」

「……なにか秘めた意図があったとでも？」

　こみあげる不安に耐えながら問う。

　ガイウスはいっそう声をひそめた。

「アシュレイから詳しい状況を訊きだしましたが、殿下は彼の手から書簡を取りかえそうとされたそうですね」

「ああ。それを口実にアシュレイに歩み寄り、隙をついて短剣を奪われたのだ」

「その書簡はどうなりましたか？」

「え？」

「数通あったそうですが」

「あれはたしか……」

　悪夢のごとき光景の断片を、アレクシアはなんとかよみがえらせようとする。

「アシュレイの手から舞い落ちて、それから……それからどうしたのだろう」

「広がる血溜まりに呑みこまれて、見失われたのではありませんか？」

　アレクシアは喘ぐように息を継いだ。

「ああ……きっとそうだ」

「アシュレイによれば、おそらく血にまみれた殿下の衣類とともに、燃やされたはずとのことでしたが」

「いたしかたないだろう。あれでは文字を追うことはおろか、張りついた紙を剝がすのも難しかったにちがいない」

「それこそがウィラード殿下の真の目的だった——そうは考えられないでしょうか」

アレクシアは耳を疑った。

「……なんだと?」

「もしもその書簡を、殿下が破棄なさりたかったとしたら? すでに手渡した書簡を強硬に取りかえそうとすれば、むしろ怪しまれかねません。かといって焼き捨てるよう頼んでも、そもそも封をしていないのですから、文面を検められる可能性はあります。そうした危険を回避し、なおかつ書簡に対するこだわりをも隠蔽するために格好の方法が、ご自分の血の海にすべてを浸してしまうことだったのでは?」

「そんな馬鹿な」

にわかには信じがたく、アレクシアはふるえる声で反駁する。

「もとより書簡を託されるのであれば、刑を終えたのちに文面を検め、さしつかえのない便りのみ届けるとお伝えしていたはずだ。いくらでも吟味をかさねられたはずなのに、急に気が変わられるなんて——」

アレクシアは続く言葉をみずから呑みこんだ。

「従姉さまの近況を、わたしがお伝えしたからか?」

「とっさに命を擲つだけの動機として、不足はありません」

「つまり兄上は……ご自分の遺児を守るためにあのようなことを？」

「守るためか、利用するためか」

「利用」

「両親は反逆者であり、生まれは庶子になるとはいえ、反女王派が旗印として担ぎあげるには打ってつけの存在となりますから」

「その子がわたしを脅かし、玉座から追い落とすことになれば、兄上の復讐も成就するというわけか」

「死にゆく者の妄執ではありますが」

だがそうと考えれば、あのときのウィラードのふるまいも腑に落ちる。そしてこちらの目をあえて釘づけにするような死にざまで、目的を遂げようとしたのか。

アレクシアはその苛烈さにあらためてぞくりとしながら、

「では書簡を始末なさろうとした理由は？」

「我々には伏せておきたいような事情が、ほのめかされていたのかもしれません」

「血を継ぐ者がいるかいないかでは、その扱いも異なるということか」

「だとすれば黙過するのは危険です」

「……そうだな」

同意しないわけにはいかず、アレクシアはいまさらながら失われた書簡を求めるように視線をさまよわせる。

「兄上の言によれば、近しい者たちに礼を伝える便りにすぎないそうだが」

「その者らのいずれかの名を、姫さまは憶えておいでですか？」

アレクシアは額に手をあて、考えこんだ。あのときはセラフィーナの名があるかどうかにしか、注意を払っていなかった。

やがて力なく首を横にふる。

「……すまない。見知った名であれば、そうと気がついたはずなのだが」

「お気になさらず。それだけでも手がかりにはなります」

「わたしの記憶にはないということがか？」

「ええ。頻繁に宮廷に出入りすることはなく、それでいて近しく世話になる機会があったのであれば、あのかたの所領に住まう者が含まれているやもしれません」

「なるほど……」

「殿下の所領の扱いは、現在はどのように？」

「私財もろとも没収され、王室の預かりになっているはずだ」

「では視察におとずれる理由にはなりますね」

ガイウスがつぶやき、アレクシアは目をみはる。

「管理の名目で、わたしが宮廷から官吏を派遣するのか」

「そのような体であれば、いくらかは怪しまれにくいかと」

「それは名案だが、すぐにも任せられる者がいるかどうか……」

極秘事項であるセラフィーナの懐妊を知り、かつそれを隠して臨機応変に動ける者でなければならない。敵地に乗りこむも同然と考えれば、その身に危険が及ぶこともあるかもしれない。かといって大人数を向かわせては、いらぬ警戒を招きかねない。

するとガイウスがおもむろに申し出た。

「おそれながらその任は、わたしに託してはいただけませんか」

「おまえに?」

「諸条件を考えあわせれば、わたしがもっともふさわしいかと」

「たしかにそうだが」

ウィラードともそれなりに接しており、女王の近衛隊長という身分であれば無下な扱いもされにくく、おまけに腕もたつ。

「だが務めに復帰して、まだいくらも経っていないというのに」

「姫さまのおそばを離れることを、わたしがみずから望むとは意外でしたか?」

「そんなことは」

図星である。つい先日まで十日ばかり、ガイウスは休暇を装った療養生活に徹していたし、槍試合までのぎこちないすれ違いもあればこそ、あらためて近衛隊長としての職務に励みたがりそうなものだった。

それがこれではまるで、アレクシアのうぬぼれと甘えたがりをからかわれているようである。

事実そうした驕りがなかったともいえず、アレクシアがくちごもっていると、ガイウスはいかにも満ちたりた笑みを浮かべた。

「もちろんかたときも離れたくはありませんよ」

アレクシアは目を剝く。

「い、いったいどちらなのだ！」

「朝も昼も晩も、影のごとくにつき従い、この手であらゆる危難からお守りしたいと切望しておりますよ。当然ではありませんか」

「……おまえは節度というものを知れ」

いまや堂々と宣言してはばからないさまが、妙に癪にさわる。

アレクシアがむくれていると、

「ですが——」

ガイウスはそのまなざしに真摯な光を宿らせた。

「常におそばにいるだけが、姫さまの歩まれる道をともにすることではないと、遅ればせながら悟りました。及ばずながら、わたしの持てる力を駆使することで、険しい道のりに立ち向かいたいのです」

アレクシアははっとする。ガイウスはあらためて、アレクシアと未来を切り拓く意志を表明しているのだ。

そこにはかつて王女と護衛官でいたときの、もの憂い安らぎはないかもしれない。だが盲目に心の拠りどころとするのではなく、そばにはなくともおたがいの背を預けあう勇気で以て、あらたな絆を結ぶのだと。

ガイウスの額に額を寄せ、アレクシアはささやいた。

「わたしたちはこの艦を乗りこなすことができるだろうか」

次々と襲いかかる荒波に呑みこまれそうな、ガーランドという名のこの艦を。

「手強き航海ですが、艦は艦長と操舵手のみで動かすものではありません。無数の優秀な航海士がいてこそ、安全な航行ができるというものです」

「頼れる人材をできうるかぎり集めよと?」

「そして治世の要となる忠臣群にまで育てあげるのです」

その提言はとりもなおさず、ガイウスの支えがなくとも艦が沈まぬよう備えることこそが、アレクシアの務めであると示唆してもいる。

こみあげる泣き笑いを、アレクシアは吐息にまぎれさせた。

「気の遠くなるような大航海だな」

「姫さまならかならずや成し遂げられます。なにしろどうしようもなく不貞腐れた若造ですら、かつてまんまと虜にされたのですからね」

「おまえを基準にされてもな」

「もちろん横恋慕をこじらせる輩がいたら、容赦なく捻り潰しますが」

「――だから！」

アレクシアはたまらず頬をひきつらせる。

「そういう恐ろしいことを、平然と口にするなというのに」

「このところの求婚騒ぎに、わたしがいかに気を揉んでいたか、姫さまには到底おわかりにはならないでしょう」

「知るものか」

もはやつきあいきれないと、アレクシアが投げやりにかえしたときである。

部屋のかたすみから、遠慮がちな咳払いが届いた。

「ご歓談のところすまないのだけれど」

驚いてふりむけば、いつのまにか壁際にアシュレイが控えている。

アレクシアはどぎまぎとしながら、

「……いつからそこに？」

「書簡を葬り去ることこそが、自死の真の目的ではないかというあたりかな。その発想は完全に盲点だったよ」

ではガイウスの気恥ずかしい惚気もなにもかも、すっかり聴かれていたのか。

アレクシアはいたたまれなさをごまかすように、

「そなたはどう考える？」

「斬新な仮説ではすませられない説得力があるね。殿下はあのときぼくから距離をとらずに、目と鼻の先で果てられた。短剣を奪いかえされる恐れがありながら、あえてそうしたのだとしたら、おそらくそれが真相だ」

「ならばすぐに声をかけてくれればよかったのに」

「並みの神経ではとても加われない雰囲気だったからね」

さらりとそう告げて平然としているあたり、なかなかたいした神経だが、いまだ色恋には初心な従妹に気を遣ってくれたのだろう。

「ところできみに報せがある」

気を取りなおしたように、アシュレイが告げる。

「ヴァシリス王太子がきみに謁見を求めてきた」

一瞬とめた息を、アレクシアは吐きだした。

「ついにいらしたか……」

ヴァシリスとは馬上槍試合の夜から顔をあわせていないが、宮廷にはしばしば出入りしていたようだ。おそらくはガイウスの容態をさぐるためだろう。

表向きは褒美の休暇中で不在としていたが、ヴァシリスはそれが毒による衰弱から快復するのを待つためか、あるいはすでに命を落としていることを隠す方便であろうと踏んでいたはずだ。

ガイウスが昏睡（こんすい）のまま死んでくれれば目論見どおり。しかしそうでなければ自分に疑いの目が向くことは避けられないとなれば、さすがのヴァシリスも鷹揚にかまえてはいられなかったのだろう。

そして先日のガイウスの復帰がいまや周知のものとなり、狙いが外れたとともに、みずからの立場が危うくなったことも認識せざるをえず、ついに覚悟を決めて参内したというところか。

そのまま逃げるように帰国の途についてくれてもよかったのだが、それはそれで後味が悪くもある。いずれは避けられない対面だろうと、アレクシアとしても心の準備はできていた。

それでも表情をこわばらせるアレクシアの内心を察したように、

「あえて謁見を蹴ることで、こちらの意志表示とする手もあるよ。あるいはぼくが私的にお相手をして、遠まわしに帰国をうながしてもいい」

アシュレイが提案するが、アレクシアは首を横にふった。

「気遣いありがとう。だがあちらの解釈に委ねるだけでは不安が残るし、王太子との謁見を拒否しては、こちらが無礼を働いたという口実を与えることにもなる。やはりわたしが受けて立つべきだ」

「きみがそれでよいのなら」

「とはいえ、いくらかならお待たせしてもかまわないだろう」

「ご随意に」

アシュレイもためらいなく同意した。

あまり強気な態度にでるわけにもいかないが、アレクシアにとってガイウスがかけがえのない存在であることを見抜いたうえで、躊躇なく葬り去ろうとしたことは、なおのこと許しがたい。しばしのあいだ焦らすくらい、罪のない意趣がえしだろう。

「わたしも立ち会いますか？」

ガイウスに問われ、アレクシアは思案する。

死の淵から生還したガイウスをともなえば、こちらの姿勢をより強く印象づけることになろうが、それだけにのっけから生じる緊張もまた避けられないだろう。

「わたしが我を忘れて斬りかかることを、危うんでおいでなら……」

「そうでははない」

笑うに笑えず、アレクシアはあいまいに口許をうごめかす。

「ただおまえには、ひとつ頼まれてほしいことがあって」

「お望みならなんなりと」

そう応じながらも、アレクシアの思惑まではつかめないのか、とまどいを隠せない様子のガイウスに、

「わたしに考えがあるんだ」

アレクシアは挑戦的に口の端をあげてみせた。


西の空から鳩が飛んでくる。

あれは小夜啼城からの伝令だろうか。

万事つつがなくという、いつもの報せであればよいが——。

すぐさまそう考えてしまうほどに、彼の城の状況はアレクシアの胸のかたすみを占めて離れない。いまやウィラードの自死に、不穏な影がちらつき始めたとなれば、なおさらである。ともするとそのことで、セラフィーナに尋問をせねばならない事態になるかもしれない。

夜な夜な血染めの悪夢から逃れられないのであれば、せめてウィラードの心の在り処を

かいまみることができればよいのだが。

とはいえ——いまアレクシアが向かいあうべきは、兄の亡霊ではなかった。

アレクシアは朽ちかけの城壁を従えた城館跡にひとりたたずみ、ヴァシリスのおとずれを待っていた。

まさにあの馬上槍試合が催された、因縁の草地である。

仮設の観覧席はとうに解体され、蹄（ひづめ）に蹴散らされた枯れ草が、いとも寒々しい。

それでもヴァシリスの罪を吸いこんだこの地こそが、彼と相対するにはふさわしいはずだと、アレクシアがあえて選んだのだ。

供として連れてきたのは、アシュレイのみ。

アレクシアとは離れ、小夜啼塔の壁を背に控えている。

ガーランド女王とラングランド王太子による、腹蔵なき語らいを望んでいると、こちらの姿勢で伝えているわけである。

ほどなく並木道から足音が近づいてきた。ヴァシリスだ。

従者らしい青年をともなっているが、アレクシアの意向を見て取ったのだろう、跡地にまでは踏みこませず、ひとりでこちらに足を進めてくる。

アレクシアは白貂（アーミン）の外套をひるがえし、小夜啼塔を背に向きなおった。

わずかに息を弾ませて、ヴァシリスが呼びかける。

「女王陛下」

「ごきげんよう」

「お待たせをしてしまいましたか？」

気遣わしげに問うヴァシリスのまなざしは、常のごとく涼やかだ。

もの柔らかなその微笑の裏で、ヴァシリスがいとも冷酷な計略をめぐらせ、ガイウスの命を奪おうとしたことに、アレクシアはあらためて戦慄をおぼえずにいられない。

それでもアレクシアは冷えた頰に笑みを宿らせ、異国の王太子と対峙した。

そう――ほほえみは武装なのである。

決して胸の裡を読ませぬために、仮面でおのれを鎧うのだ。

「お気になさらず。冬空に身を晒すのも、悪くないものです。凍える寒さが、乱れる心を鎮めてもくれますから」

アレクシアが冷静な心持ちで語らいに臨むには努力がいるほどに、これが由々しき状況であることをほのめかす。

ヴァシリスはその牽制を受けとめた面持ちで、わずかに目を伏せた。

「たしかに……楚々としたおふるまいに秘されたあなたの魂は、いとも情熱的でいらしたようだ」

「感情に流される愚かな女であると、お笑いになりますか？」

「とんでもない。あなたのその情熱こそが、わたしを衝き動かしたのですから」

「立ちはだかる巌を砕いてでも、わたしの心を虜にされたいと？」

「恋に逸る男は、どんな手を用いても相手をふりむかせたいと望むものです」

「ではその方法を誤られましたね」

「性急にすぎましたか」

「ひとの心はたやすく靡くものではありませんから」

たとえ愛する者を永遠に喪おうと、埋められないその空席にすぐにも居座れると考えることがなによりおこがましい。

ヴァシリスは降参したように、かすかな苦笑をこぼす。

「それをうかがい、ますます身を退くのは惜しくなりました」

「恋愛遊戯はほどほどになさるのがよろしいかと」

「恋の女神からのご忠告ですか？」

「ガーランド女王としての助言です。おそれながらラングランドに逗留するガーランドの者から、貴国の王都に不穏な動きがあるとの報せが届いておりますゆえ」

意外なきりかえしだったのか、ヴァシリスの双眸に驚きがよぎる。

「あの有能な貿易会社の者らからですか？」

「そんなところです」

異国の政情に注意を払うのは、決してやましいことではない。核心はぼかしながらも、アレクシアは率直に伝えた。

「王太子殿下のご不在を狙い、あえて芳しからぬ噂を流布することで、第二王子派を有利に導こうとの画策の一端を耳にしたようです」

「やはりそのようなことになりましたか」

なかば予想していた事態なのだろう、ヴァシリスに真偽を疑う様子はなかった。

アレクシアはいまこそとばかりにたたみかける。

「いたずらに滞在を長びかせては、むしろ御為にならないのではと」

「祖国でのわたしの地位を危ぶんでくださるのですか？」

「もちろんです」

「ガーランド女王として？」

「それだけではご不満ですか？」

ヴァシリスの為したことを考えれば、求婚に応じることはできようもない。

だが隣国の君主として、正統な王太子であるヴァシリスの命が脅かされ、ラングランドがエスタニアの属国化することは望まない。

ゆえにこたびのヴァシリスの謀は、あえて不問とする。

ヴァシリスはその譲歩を充分に汲んだ面持ちで、

「いえ。ありがたきご厚情に感謝の至りです」

端然と頭を垂れるが、ふと気がついたように目をあげた。

「これにてお暇とはたいそう名残惜しいことですが、帰郷を急げばロージアンにて有意義な再会を果たすこともできるでしょうか」

「再会?」

「あなたの映し身のごとき、女神(ディアナ)のことですよ」

ヴァシリスは紫苑(しおん)の瞳に、かすかな優越をよぎらせた。

なるほど——その手札をここでちらつかせてくるわけか。

想定内ではあるが、きわどい遊戯にみずから乗りだすつもりなら、こちらもそれなりのかまえで迎え撃つまでだ。

「この世ならぬ女神にご興味がおありですか」

「忘れようにも、忘れられるものではありませんからね」

内緒話を楽しむように、ヴァシリスはみずから声をひそめる。

「どうやらガーランドの王位継承をめぐる騒乱において、投獄されたあなたの身代わりとして脱獄に協力した娘がいたそうですね。背格好のみならず、おもざしまでよく似ていたらしいとか」

「グレンスター家の遠縁の娘が、命がけで力を貸してくれました」

「それがあのディアナという娘ですか？」

「どのようなご想像も、咎めはいたしません」

「しかしただの遠縁というには、あまりにも……」

「その点については、すでに専門家にうかがわれたのでは？」

「カルヴィーノ画伯ですか。さすがはお耳が早い」

すでに筒抜けかと、ヴァシリスは肩をすくめながらも、めげずに続ける。

「たしかに傾聴に値する見解でしたが、公爵家に連なる娘でありながら、王都の破落戸にからまれるほどの仲らしいとは妙なこと。そして大聖堂でのあなたのおふるまいについても、あたかもあの狼藉者と面識があるかのようなやりとりでありました。あの男があなたをかどわかしたとはいったい——」

「どうか」

むずかる子をなだめるように、アレクシアはヴァシリスを押しとどめた。

「貪欲な好奇心の僕とはなられませんよう。どのような素姓であろうと、あの娘が殿下を暗殺者の魔手からお救いしたことこそが、なにより重要なのではありませんか？」

「ではあらためて感謝の意を伝えたいと申しあげたら？」

すかさずきりかえされて、アレクシアは警戒を強めずにいられない。

ヴァシリスがディアナに近づくのを許すなど、とんでもないことだ。もしも彼女の身柄を押さえられれば、それこそアレクシアにとって致命的な弱みとなる。

「それはおよしになられたほうが賢明でしょう」

「なぜです?」

「おしなべて女神とは気まぐれなもの。次にめぐりあう機会にも、殿下に幸いをもたらすとはかぎりません」

「迂闊に手をだせば、我が身を滅ぼすことになるやもしれないと?」

「あくまでガーランドを守護する女神でありますから」

アレクシアが迷いなく告げると、ヴァシリスはついに粘り負けを認めたのか、苦笑いを浮かべた。

「貴国には頼もしい女神がついていらして、じつに羨ましいことです」

「ですが敵は多く、対抗の手段はかぎられています。——まさにあのように」

アレクシアはつと身をひねり、小夜啼塔をふりむいた。

つられて目をあげたヴァシリスが、息を呑む。

「あれはいったい……なんのおつもりであのような……」

冷静なヴァシリスも、さすがに狼狽(ろうばい)をあらわにせずにはいられないようだ。

それもそのはず、小夜啼塔が左右に従えた旧城壁の矢狭間(やざま)から、いつしか無数の砲身がのぞいている。しかもそれらはすべて、草地にたたずむ無防備なふたりに寸分の狂いなく照準を定めているのだ。

ひときわ高くそびえる小夜啼塔の胸壁からは、外套をひるがえしたガイウスがこちらを睥睨していた。すべてはアレクシアの命によるものだ。

これは罠か。だがしかし――。

とっさには状況が呑みこめず、にわかに緊張をみなぎらせるヴァシリスに、アレクシアは向きなおった。

「その剣を抜き、わたしを楯になさいますか？」

「……まさか。砲弾がわたしに命中したところで、あなたも道連れだというのに」

だからアレクシアを人質にとるまでもなく、砲撃されることはありえない。ゆえに意表をついたこけおどしにすぎないはずだと、ヴァシリスは暗に伝える。

「ですがこれが現在のわたしとあなたを取り巻く状況です」

アレクシアは肩越しにちらと視線を投げながら、

「あちらはローレンシア。こちらはエスタニア。それにエスタニアと結んだラングランドが加われば、ガーランドは完膚なきまでに叩きのめされることでしょう」

熟練の役者のようによどみなく語る。

ヴァシリスはようやく理解の及び始めた面持ちで、

「そのときには、わたしの命運もすでに尽きているというわけですね」

ぎこちない笑みを片頬に刻んだ。

ラングランドがエスタニアと組むということは、すなわちヴァシリスが王太子の座から追い落とされることをも意味する。

「ですからガーランドがあなたに砲口を向けることはありません。ですが——」

アレクシアは凛然たるまなざしでヴァシリスを射抜いた。

「もしもあなたがガーランドに仇なすつもりであるなら、我が近衛隊長はためらわず一斉射撃の許可をくだすでしょう」

そのおちつきぶりとはそぐわぬ凄絶さにおののいたように、ヴァシリスはたちまち身をこわばらせた。

「……あなたを犠牲にしても？」

「ガーランドのために必要とあらば」

それが余人にはうかがい知れぬふたりの絆であると、ヴァシリスに悟りをうながすために、アレクシアはあえてこの舞台を仕組んだ。城壁を背景とした《アリンガム伯一座》の御前公演からひらめいた演出だ。

「しかし女王のあなたが斃れては……」

「お忘れですか。わたしには女神がついているのです」

アレクシアは不敵にほほえみかえす。

神をも畏れぬほのめかしに、今度こそヴァシリスは絶句した。

「つまり……あなたにもしものことがあれば、あの娘があなたに成り代わるというのですか？」

「わたしは女神を守護する者です。篤いご加護で不死身にもなりましょう」

ガーランドの安寧を守り抜くためには、民を欺くことも辞さない。

それこそアレクシアの捨て身の威嚇であった。もはやディアナの正体を勘繰られることは避けられないとあらば、もうひとりのアレクシアがこの世に存在するという稀有な状況を、逆手に取ってみせるまでだ。

その大胆さが吉とでるか凶とでるか——。

しばし呆然とたたずんでいたヴァシリスは、やがてこらえきれぬように声をたてて笑いだした。そこにあざけりの棘は含まれない。いかにも楽しげな哄笑だった。

その無防備なさまに、アレクシアのほうが驚かされる。

「なるほど。まさかあなたが不死身の女王でいらしたとは、もとより相手が悪かったようですね」

笑いの名残りをまとわせた、かつてない親しみを感じさせるまなざしで、ヴァシリスはあらためてアレクシアをながめやる。

「ではその女神に伝言を」

つと身をかたむけ、ひそやかに耳打ちする。

「さし迫る災いに呑みこまれるまえに、どうぞ速やかにロージアンを去られるがよろしかろうと」

「！」

息をとめたアレクシアは、すかさず仔細(しさい)を問いかえそうとするが、ヴァシリスはすでに鉄壁のほほえみをまとっていた。優雅に姿勢をなおした彼が、もはやそれ以上を説明する気がないのは明らかである。

「ではこれにてお暇を」

「道中お気をつけて」

「次なる機会は、ぜひともわたしの戴冠の祝典にてお目にかかれますよう」

ほがらかに告げ、ヴァシリスは身をひるがえす。

遠ざかるその背が、いかなる決意を秘めているものか。

アレクシアは凍える寒さに四肢を蝕(むしば)まれたように、ひとり古(いにしえ)の城壁の底に立ちすくんだままでいた。

ある日を境に、信じていた世界が崩れ落ちる。

そんな悪夢を、少年時代のヴァシリスも経験したのだろうか。

あるいはそのときにはすでに、悪夢の予兆をとらえていたのだろうか。

《天馬座》から仮住まいまでの道すがら、ディアナがぶつぶつとこぼしながら歩いていると、肩を並べたリーランドが意外そうに声をかけてきた。

「王子の台詞まわしに不安があるのか？　あれくらいの長さなら、おまえにはなんてことないだろう」

「台詞そのものはね」

「ならなにが気になるんだ？」

「まだ役をつかみきれてないというか……感情の流れを消化しきれてないのよ」

「たしかにぎこちなさは感じるな」

「わかってるんじゃない」

それでいながら、あえて自覚を問うてくるところが、意地が悪い。

ディアナはむすりとするが、

「おまえが迷いをもてあましてるから、親切なおれが水を向けてやったんだろうに」

リーランドは悪びれもしない。

「あいかわらず偉そうね」

ディアナはげんなりしながらも、こだわりは捨てることにした。

「腰かけでも端役でも、演るからにはちゃんとしたいのよ。明日はいよいよ通し稽古だしね」

役者たちはそれぞれに舞台衣裳を身につけ、座長の口上から終幕まで、本番さながらに演じるのだ。しかも桟敷席からは、一座の後援者であるセヴァーン卿やその同志といえる第二王子派の貴人らが、芝居を観覧する予定だという。いざ初演を迎えるまでに、出来をあらかじめ確かめておきたいということだろう。

「純粋なお客じゃないし、人数も数えるほどだろうけど、届ける相手がいるのといないのとでは、やっぱり心持ちが違うもの。できるだけ印象に残る演技にしたいとなると、考えがまとまらなくて」

するとやや先を歩いていたノアが、くるりとふりかえった。

「なんだよ。ディアナはもうあがってるのか？」

いくつもの胡桃を、お手玉の要領で器用に放りあげながら、からかってくる。

ディアナは肩をすくめた。

「王宮で王女を演じてたときの緊張感に比べたら、どうってことないわよ」

「そりゃそうだ。もしお偉いさんたちのまえでとちっても、処刑台で吊るされまではしないからな」

ノアが笑うと、すかさずリーランドが口を挟んだ。

「一座の連中からは、吊るしあげにあうかもしれないぞ？」

「それはいや！」

新入りとして気を遣いながら、一座の顔ぶれともそれなりになじみ、演技の腕のほども認められてきたところなのだ。リーランドとノアも裏方のみならず、宮廷貴族や小姓役で舞台を支えている。

その舞台を、積みあげた信頼ともども自分のせいでだいなしにしたとなれば、並のおちこみではすまない。

「おまえがひっかかるのは、王妃に激情をぶつける王子の心境だろう？」

さすがのリーランドが、あやまたずに核心をついてくる。

ディアナは悩ましくうなずき、からんだ糸をほぐすように言葉をつないだ。

「父王の疑いに腹をたてながら、王妃の沈黙を責める王子にとって、本当に恐ろしいのはその疑いが疑いではすまないことだと思うのよね」

「だろうな。親子の絆も、王太子としての過去も未来も、なにもかもがまやかしになるんだから」

「だからこそ自分が父王に剣を向けるべきか、王妃がみずから死ぬべきかっていう極端な反応が飛びだすのも理解できるんだけど」

「母親の貞節をどこまで信じていたかで、演じかたも微妙に変わるはずだ。そういうことだろう？」

「そうなの。自分を支える世界を踏みにじられたがための激しい怒りなのか、内心どこかで違和感をおぼえていたからこそ、絶望と恐怖にかりたてられたのか」

座長の演出では、あくまで奸臣にそそのかされる国王の愚かな疑心こそが、救いのない結末を招いたという趣旨が主軸である。妃と忠臣の誠意は揺るぎないがために、悲惨さもよりきわだつのだ。

ちなみに——とディアナは続ける。

「あなたの解釈を座長に伝えてみたんだけど」

「あえて口封じのために、王妃を自死に追いやったんじゃないかって？」

「そう」

「反応は？」

ディアナは座長の癖を真似て、口の片端だけをあげてみせる。

「演るならわからないように演れ」

「難しい注文だな」

リーランドは苦笑しつつも納得したように、

「とはいえそもそもが、相手に魂胆を隠すことが織りこみずみの、狡知な台詞だからな」

「解釈はあくまで観るほうに委ねるわけね」

「その余地さえ残しておけば、不敬だのなんだのと目をつけられても曲解だと言い逃れができる。一座を守るための、座長の苦肉の策さ。しがない雇われの身は、いつの世も辛いものだ」

大仰にしみじみするリーランドにはかまわず、ディアナは考えこむ。

たしかに異国の王家の設定ではあるが、ディアナが演じるのはヴァシリス王太子にほかならず、王妃の死に至る経緯もそれなりの根拠に基づいているとなれば、やはり現在の彼のありさまが脳裡にちらついてしまう。

ヴァシリスは先日の馬上槍試合を利用し、求婚の障害とみなしたガイウスを抹殺しようとしたらしい。

うら若き女王と、いかにも気心の知れた近衛隊長をまのあたりにしたとき、ヴァシリスはそこにかつての母とマルカム伯の記憶をかさねはしなかっただろうか。

ひとの想いとは、さりげない仕草やまなざしからも嗅ぎとれるものだ。

「ねえ。ウィレミナ妃の死の真相についてアレクシアに明かしたとき、彼は不義の疑いが父王の妄想にすぎないと伝えたのよね」

「それはまあ、仮にそうじゃなかったところで、さすがに自分から洩らしはしないだろうな」

「告白していたらどうなっていたかしら」

「どうって」

ありえないことを考えてもしかたがない。そんな表情のリーランドが、遅れてディアナの意図にたどりつく。

「ああ……そうか。姫さまのほうも、真に正統な王位継承者とはいえないわけか」

「邪魔者のガイウスを殺そうとするよりも、その境遇こそがふたりの心の距離を近づけたかもしれないわよね」

「なら生まれとしては、むしろおまえのほうが近いんじゃないか？」

正妃が産んだ不義の子という意味では、たしかにそういうことになるが。

「あたしはいいのよ、そのせいで悩んだり苦しんだりしたこともないんだし」

ディアナは居心地の悪さをもてあまし、下宿に続く街路に目を向けた。

夕暮れの町は右も左も、家路を急ぐ市民たちでにぎわっている。

日々の暮らしにあくせくと、気がつけばまた陽が暮れているような民の日常は、ラングランドでも変わらない。これこそディアナの身になじんだ生きかただ。

それでも――だからこそ想像はする。

「もしもヴァシリス殿下が、ウィレミナ妃に死をうながすかのような言葉をぶつけていたなら、内心では期待していたんじゃないかしら」

「期待？」

「胸に疾しいところがなければ、命を懸けるほどの覚悟で毅然と戦うべきだ。自分のためにもそうしてほしいって」

リーランドが首をかしげる。

「なら彼女がいざ自害に走ろうとしたときに、とめるはずじゃないか？」

「わからないわ。そのときのやりとりで、ごまかしようのない裏切りを悟ってしまったのかも」

「だとしたら王妃の死は、懺悔にして逃亡か」

苦いつぶやきが、雑踏にまぎれて消える。

ディアナはその余韻をひきずりながら、

「もしもアレクシアが、ガイウスに心を残しながら殿下との結婚を決めたとしたら、亡き王妃たちをめぐるかつての状況が、ほとんどそのままくりかえされていたかもしれないわけね」

「だからマルカム伯に対する恨みも手伝って、ガイウスを殺そうとしたっていうのか？」

「どうかしら。そこまで子どもじみてはいないと思いたいけど」

「なんにしろ求婚は蹴って正解みたいだな」

「そうね」

ヴァシリスが謁見を求めてきたら、もはや気を持たせはしないつもりだと、アレクシアは伝えてきていた。

ガイウスが死に瀕したことが、彼女の心を決める転機になったようで、ディアナとしても感慨深いものがある。

いずれこうなるだろうことは、わかりきっていたともいえるが。

「でもアレクシアの一途さを知ったら、殿下はむしろ本気であの子に惚れこむんじゃないかしら」

「あっさり自分に靡くような女じゃないからこそ、愛さずにいられないか。まったく難儀なものだな」

「いやに実感がこもってるのね」

「そりゃあそうだろう」

いかにも呆れた視線を投げかえされて、ディアナはたじたじとなる。

「なによ」

「おれの長年の芸の肥やしも、そろそろ春の花を咲かせるのに充分な時機かもなってことさ」

「それって……」

ディアナがかえす言葉をみつけあぐねていたときである。

下宿に至る横道に折れたノアが、嬉しそうな声をあげた。

「クライヴだ！」

あとに続けば、クライヴが向こうから歩いてくるところである。

いつもは稽古あがりの三人のために、夕餉の仕度をととのえてくれているのだが、今日はいくらか帰りが遅いようだ。しかもその姿が近づくにつれ、いつになく緊張をはらんだ面持ちでいるのがうかがえた。

ディアナはにわかに身がまえる。クライヴは日々《メルヴィル商会》のロージアン支店に出向き、ガーランドと情報のやりとりをしているのだ。

玄関口で落ちあうなり、ディアナは急いてたずねる。

「なにかあったの？」

「ガーランドから撤退の指示がでています」

「撤退って？　まさか次の舞台から？」

「この町そのものからです」

端的に告げ、クライヴは一同を上階にうながした。

もはや無駄口を利く余裕すらないかのような身のこなしに、いつしかリーランドも気楽な表情を消し去っている。

「それは勧めではなく、下知なのか？」

「あなたがたの身の安全を第一に考えたうえでの、女王陛下の強いご要望であると捉えていただくべきかと」

「もちろんそうなんだろうが」

アレクシアがこちらの動きに制限をかけてくることはなかっただけに、ディアナは不安をかきたてられる。《天馬座》での次の公演についても、舞台で演じたいというディアナの望みを汲んで自由にさせてくれたのだ。

「ヴァシリス王太子が、みずから忠告を残されたそうです」

ディアナたちは下宿の卓をかこみ、まずはクライヴの説明に耳をかたむけた。

ヴァシリスがディアナの存在を切り札として扱おうとしたことに戦慄し、アレクシアがそれを逆手に牽制しかえしたことに安堵する。

「殿下は近く帰国され、あるいはそれに先んじて、第二王子派に打撃を与えるおつもりではないかとのことです。《天馬座》は彼らの牙城と目されているのですから、いつ狙われてもおかしくはないでしょう」

「興行が妨害されるかもしれないの？」

「そもそもあなたがたが正体を隠して一座に加わっていることを、すでに察したうえでの警告だとしたら、一刻の猶予もありません。彼が律義に約束を守るともかぎらないのですから」

夜の埠頭でヴァシリスの暗殺を阻止したとき、主を売り渡した近侍の男は、ディアナを芝居小屋の鼠と呼ばわった。

もしもそのつぶやきがヴァシリスの耳に届いていたら——そうでなくとも暗殺の計画が洩れていたことを考えれば、おのずと予想はつくかもしれない。

リーランドが観念したように天井をあおぐ。

「ここらが潮時か。ディアナが捕らわれでもしたら、お手あげだからな」

たしかにその危惧には、ディアナも同意せざるをえない。もしもヴァシリスの手に落ちたら、いったいどんな目に遭わされることか。生かすも殺すも、アレクシアの心労の種となることは疑いようがなかった。

もともと《海軍卿一座》には情報収集のために潜りこんでいたのだから、リーランドのように潔く諦めるべきなのだろう。

だがディアナは気持ちの整理がつかずに、

「ルイサたち……一座のみんなはどうなるの？」

「彼らは彼らで対処をするでしょう。我々がそこまで介入するのは危険すぎます」

クライヴは言いにくそうに、しかし迷いなく告げる。ディアナの身の安全を優先するのが彼の責務なのだから、それも当然だろう。

だがともに舞台をつくりあげようとしている一座のひとりとして、ディアナはすぐには踏んぎりをつけられずにいた。

「取り急ぎ、次に出航するガーランド方面の快速艇に乗りこめるよう、商会と話をつけてきました。今夜のうちに荷を整理して、朝には港に——」

「ちょっと待って」

ディアナは目を丸くした。

「まさか明日の朝に発つつもりなの？」

「はい。即刻にもロージアンを離れるべきですので」

これにはディアナのみならず、ノアもあわてふためいている。

「それなら通し稽古はどうするんだよ」

「さすがにすっぽかすわけにはな」

リーランドも加わり、劣勢のクライヴはみるまにたじろいだ。

「ですが状況が状況ですので……」

「あのね」

ディアナは卓に身を乗りだして訴える。

「通し稽古っていうのは、みんなが本番さながらの緊張感のなかで演じきることに意味があるの。その舞台にいきなり穴を空けるなんて最低も最低で、気が咎めるどころじゃすまないのよ」

「しかし一座には、代役というものが控えているのでは?」

「あたしの役にはいないのよ。それに明日はお偉いさんが臨席するんだから、あたしたちがそろって消えたりしたらなおさら大騒ぎになるわ」

リーランドはうなずき、より深刻な気がかりを伝えた。

「それこそ舞台をだいなしにするために、あえて王太子派が送りこんできた連中だとみなされたら、本格的な追手がかかるかもしれない。おれたちの下宿がこのあたりにあるのは知られているから、しらみつぶしに近所をあたれば裏に《メルヴィル商会》がついているらしいこともじきにわかるだろう。それはガーランドにとってもまずい状況なんじゃないか?」

「たしかにそうですね……」

無視しがたい懸念が浮かびあがり、クライヴは悩ましげに黙りこむ。しばし思案に暮れたのち、心を決めたように顔をあげる。

「ではその通し稽古を終えましたら、さしさわりのない理由をつけて暇乞いをするという流れではいかがですか?」

「うん。それなら上手く収まりそうだな。おまえたちはどうだ？」

「あたしはそれでいいわ」

「おれも」

ふたりは口々に賛成した。短いつきあいではあったが、後味の悪さを残さず立ち去れるに越したことはない。

ディアナはリーランドにたずねた。

「辞める理由はどうするの？　ちゃんと口裏をあわせておかなきゃ」

「そうだなあ」

腕を組んだリーランドが、懐かしげなまなざしを宙に向けた。

「離散した役者仲間から、また一座を結成しないかと誘われている――とかな」

ディアナは目をみはり、それからこみあげるせつなさをこらえて、口許をやわらげる。

「ああ……いいわね」

そしてもはや永遠に叶わない、夢のそのまた幻に、ほんのつかのま心をたゆたわせたのだった。

ガイウスは早朝に王都ランドールを発った。

旅の供は黒鹿毛(かげ)の愛馬セルキス。

そしていまひとり――。

「よりにもよっておまえが同道するとはな」

「わたしだって、断れるものならそうしたかったですよ」

すかさず言いかえしたのは、旅装に身をつつんだタウンゼントである。

かつてはグレンスター公の秘書官として、ディアナを王女に成り代わらせるために奔走し、最終的にはアレクシアの即位に尽力した三十がらみの文官だが、あのふてぶてしさはいまだ健在である。

「王宮に詰め続けのアシュレイさまに代わり、王都の郎党を取りしきるのに忙しいのですから」

しかしそのアシュレイからのたっての頼みとあらば、気が進まずとも従わないわけにはいかなかったのだろう。

ふたりは北の街道を連れだって、ウィラードのかつての私領をめざしていた。

「わたしはウィラード殿下の内偵役を務めていましたからね。いくらかは内情を把握していますし、いかにも官吏らしい風貌なのも適任です。いまにも剣を抜きそうなあなたとは違ってね」

グレンスターの手勢が小夜啼城を襲撃したとき、タウンゼントは居あわせたアレクシアの命をも好機とばかりに奪おうとし、あわやというところでかけつけたガイウスによって阻止されたのだ。

あの襲撃を機に、タウンゼントとは手を結んだわけだが、おたがいにわだかまりが消えたとはいえない……だけでなく、そもそもの相性に難があるのかもしれない。

「肩の創はどうだ」

「夜毎うずくせいで寝不足です」

こういう口の減らないところである。

ガイウスは労ってやる気も吹き飛んで、

「ならばもう安易に剣をふりまわさないことだ。次こそ身を滅ぼすぞ」

「そのつもりですよ。わたしにはせいぜい長生きをして、公が亡きあとのグレンスター家を支えるという責務がありますから」

「公とそのような契約を？」

「わたしがただそうしたいというだけです。幸いアシュレイさまもわたしの望みを汲んでくださいましたので」

「おまえは公に恩があるのか」

察するところ、タウンゼントの忠誠の向かう先は、どうやら主家そのものというわけではなさそうである。

馬首を並べたタウンゼントをうかがうと、

「公は……わたしにとっては親以上の存在でした」

ためらいを押しのけるように吐露した。その視線は荒涼とした、人影もまばらな街道の先に向けられている。

「わたしの父は船乗りでしたが、足を痛めて職をなくしてからは、酔いどれて妻子に拳をふるうような男でした。ほどなく流行り病で母と姉がたて続けに死に、ある日ラグレスの町から連れだされたわたしは、郊外にある修道院の門前に置き去りにされたんです。近くで用をすませてくるから、しばらくそこで待つよう言い含められてね」

タウンゼントはかすかに鼻で笑う。

「そのうちに陽は暮れ、古い墓の群れがにわかに不気味さを増し、夜がおとずれたとたんに甦った死者たちに喰われるのではないかと心底ふるえあがったことを、いまでも昨日のように憶えていますよ。それでも父の帰りを必死で待ち続けていたのですから、我ながら健気なものです。そこに偶然にも通りかかられたのが――」

続く展開を予期して、ガイウスは片眉をあげた。

「若き日のグレンスター公か」

「当時はまだ先代がご存命でしたがね。べそをかくわたしの、いかにもつたない説明でも状況は理解できたのでしょう、公はすぐさま顔見知りの院長と話をつけ、以来なにくれとなく目をかけてくださいました。おそらくは修道院に、個人的な喜捨を弾むというかたちでも」

「おまえには知らせずに？」

「修道士たちの言葉の端々から、そういうことなのだろうと。おかげでわたしには、望んだ勉学に勤しむ機会が与えられました。たとえそうでなくとも、父の拳に怯え暮らすよりは、よほどましな環境でしたけれどね」

幸いにも読み書きなどの学びに苦労することはなく、それをグレンスター公に褒められることがなによりの励みにもなったという。

おそらくは生来の利発さに加え、幼心に灯された希望と、浮き世のさまざまな誘惑から隔絶された環境もまた、タウンゼントの能力を伸ばすことになったのかもしれない。

「そろそろ奉公先を考える齢には、すでに院の帳簿つけや代筆まで任されるようになっていました。もはや彼らが手放したがらないほどに、重宝されていましたよ」

「それは想像がつくな」

にこりともせずに年長者の誤りを指摘する、少々かわいげのない痩せっぽちの少年の姿が目に浮かぶようだ。

「とはいえわたしは修道院に骨を埋めたいとは思いませんでしたし、公の口利きでわたし向きの奉公先を世話していただけるのではないかと、ひそかに期待してもいました。そのためにも努力は惜しみませんでしたが」

「そこに公から、ラグレス城に登用の誘いがあったのか」

「秘書官の助手の、そのまた使い走りという務めでしたが、それでもわたしには夢のようなお声がけでしたよ」

修道院にとってもこのうえない栄誉として、惜しまれつつも激励とともに送りだされたという。

「その先の航海は、荒波続きでしたけれどね。わたしの出自を知り、嫌がらせをする貴族の子弟もおりましたし、いざというときのために身につけさせられた剣技は、なかなか勘どころがつかめず、嗤い者にもなりました」

ガイウスは眉をひそめた。

「ああしたものは、早く始めたほうが有利に決まっている。幼い時分から、所作の一環のごとく叩きこまれてきた連中と比べるなど、愚かなことだ」

「当然です。おのれの武を誇る輩は、えてして想像力が貧困でいけません」

「…………」

この鼻柱の強さも、なかなか相当なものではある。

「ともあれわたしは公のために働くことを望み、公が治めたラグレスのために、これからも力を尽くしたいというだけです。公との出会いがなければ、いまのわたしはありませんでしたから」

そして登用に踏みきったグレンスター公の期待に、充分に応えてきたという自負もあるのかもしれない。タウンゼントのくちぶりに迷いはない。その心境は、もはやかつての恩にとらわれているだけとはいえないだろう。

ガイウスはつぶやいた。

「まさにじつの親子に勝る絆か」

「わたしの一方的な思い入れですよ。庇護(ひご)すべき大勢の領民のひとりとして、たまさか目に留まったというだけです」

冷淡ともいえるそっけなさで、タウンゼントは肩をすくめる。

たしかに深読みをすれば、恵まれない生いたちの孤児を子飼いにし、忠心を植えつける人心掌握の手管とみなせなくもない。

公にしてみれば喜捨など安い投資であろうし、身寄りがなければいざというときに切り捨てることもたやすい。事実タウンゼントはウィラードに接触し、グレンスター家の目的に副うよう操るという、危うい役割を担わされてもいた。

しかしそれこそ、タウンゼントの能力と忠誠に対する絶対の信頼がなければ、任せられない務めのはずだ。

ともするとグレンスター公にとっても、修道院に捨てられた孤児はいつしか特別な意味を持つ存在になっていたのかもしれない。辺境の修道院が燃え落ちたきり、生死も不明というディアナに募らせた想いとともに。

ガイウスはタウンゼントの横顔をうかがう。

「おまえはディアナの境遇になにか……親近感のようなものをおぼえていたのか？　それで公に積極的な協力を……」

「考えすぎですよ」

本音かどうか、タウンゼントは否定する。

「むしろわたしにはなじみのない、血の絆というものに衝かれるがごとく、公がディアナさまにあれほどの執念をかたむけられるのであれば、大胆きわまりない謀も納得できるというものでした」

「公の執心はディアナにというより、姉のメリルローズ妃に向けられたものでは？」

「それこそわたしにはわかりかねますね。もはやわたしは、死んだ姉の顔すらろくに思いだせないのですから」

　タウンゼントは皮肉に片頬をゆがめる。

　しかし薄情めかしたその笑みは、おぼろな愛着のかけらをまとっているようにも感じられた。

「いまにしてみれば、アシュレイさまが公の執心に呑みこまれずにいらしたのも、親子であるがゆえだったのかもしれませんね」

「容易には断てない仲だからこそ、距離をおくこともできたと？」

「それをあのかたの甘さであると、もどかしさをおぼえもしましたが……やはりわたしにはわかりかねますね」

　追求を諦めたように息をつき、沈黙する。

　タウンゼントは悔いているのだろうか。もしも自分がグレンスター公の妄執を諫めていれば、大勢の命を巻き添えにしたあげくに、公が反逆者として斬首されることもなかったかもしれないと。

　汚名は雪がれたものの、散った命は戻らない。タウンゼントが安らかな眠りから遠のいているのが、その痛みのせいであればと、あえて望むつもりはなかったが。

　代わりにガイウスは伝えた。

「アシュレイが至らぬ主であれば、おまえが叱咤してやればいい」

「激励はなしですか」

「できるのか？」

「柄ではありません」

断言してはばからないところが、やはりタウンゼントである。

ガイウスが閉口していると、

「あなたはいかがです？」

「いかがとは？」

「女王の夫などという、柄ではない生きかたが本当におできになるのですか？」

唐突に問いかえされてたじろいだ。

「……アシュレイから聞いたのか」

「顔にもそうと書いてありますよ」

こちらを一瞥もしないところが小憎らしい。

だが咬みつきかえしはせず、ガイウスは声音をあらためた。

「求められるものになる努力なら、惜しまないつもりだ」

「恋する男は無敵というわけですね」

「無謀きわまりないと？」

「失礼ながらガーランド女王の王配としては、爵位も実績も吊りあわないことをおわかりですよね？」

「もちろん承知している」

ガイウスは苦くも認めざるをえない。

「ならばどうなさるおつもりです。たとえあなたがたぐいまれな才と人格を持ちあわせていようと、おひとりの力で乗り越えられることにはかぎりがありますよ」

そこでようやくタウンゼントの示唆に気がついた。

「わたしの支持者を増やせというのか」

「そのためにも自分が動くだけでなく、動かすことを考えろということですよ。特にこのわたしのような、地道な根まわしにも長けた者をね」

「！」

ガイウスは驚きに身じろぎする。

敏感に反応したセルキスが歩みをとめたが、

「なにをぼんやりしているんです。急がないと陽が暮れますよ」

タウンゼントはかまわずに遠ざかっていく。

……いまのは激励のつもりか？

「たしかに柄ではないいな」

ガイウスは呆れ混じりの苦笑をこぼす。

そして頭をひとつふると、いとも頼もしい旅の道連れに追いつくべく、セルキスに拍車をかけたのだった。


実際のところ、この旅におけるタウンゼントの貢献は、初手からめざましかった。

ウィラードは各地に私領を有していたため、まずはどこをたずねるべきか絞らなければならない。

「じつは内邸に住まうセラフィーナさまを連れて、ウィラード殿下が泊まりがけで王都を離れたことが、一度だけあるのです」

政務に多忙をきわめるウィラードだけに、ほんの一日とはいえセラフィーナの息抜きのために宮廷を留守にしたことに驚かされたらしい。

だがいまにしてみれば、どうにも裏がありそうでならない。

なにしろ誰にも邪魔をされたくないからと、近侍にすら行き先を告げずに発ったというのだ。

「そこで地図を検めたところ、ランドールから早馬なら半日ばかりの距離に、殿下の誕生を機に与えられた所領がありました。縁のある土地に逗留したとすれば、おそらくここで決まりでしょう」

そしてウィラードが書簡をしたためた相手が、その地でセラフィーナと接触したという可能性もまたあるわけだ。ウィラードはそのことを、アレクシアに知られたくなかったのだろうか。

道標に従い、街道を離れてそろそろ目的の村リンウッドが近づいてくると、ガイウスはそこここで草を食む羊たちを見遣りながら、歩をゆるめた。

「幼少のみぎりのウィラード殿下は、この村の城館ですごされたのだったな」

「母君のラシェルさまと、静かに暮らしていらしたようですね。じきに正妃としてメリルローズさまを迎えられた先王陛下も、しばしば足を運ばれていたとか」

そしていざ王の息子にふさわしい教育をほどこすために、ウィラードだけを宮廷に呼び寄せた。庶子とはいえ、いずれは右腕として治世を支える存在とするべく、育てるつもりだったのだろう。

「しかし酷でもあるな。宮廷では孤立無援も同然であったろうに」

「ええ。有力な縁戚はなく、将来の約束も定かではない庶子を、あえて取りこもうとする廷臣もそういないでしょうからね」

それに正妃のメリルローズが、わざわざ目をかけてやる理由もない。

ウィラードとしても、父王が身分の高い正妃を娶ることには納得できても、じきに寵愛は女官のリエヌに移り、みずからの母は顧みられぬまま忘れ去られるように亡くなったのでは、幼心に複雑だったのではないか。

しかしもはや退路はなく、ウィラードがすがれるものは王の関心だけだ。常に期待を裏切らず、待遇に満足し、理不尽を気にかけないふりをすることが、ウィラードが生き残るための唯一の道だったのかもしれない。

「母君はここに埋葬を？」

「そのはずですよ」

「ではその墓を守り続けた者になら、世話になったといえるだろうか」

「教区付き司祭のたぐいですか？」

「ああ。近しさでは乳母や老僕に敵(かな)わないかもしれないが、我々に隠したいほどの言葉を遺(のこ)すかどうかというと……」

「たしかに考えられますね」

うなずきながら、タウンゼントは眉をひそめた。

「なにやらよろしからぬ予感もおぼえますが」

「わたしもだ」

教区司祭といえば、生まれた赤子に祝福を与えることから、安らかなる死の眠りを祈ることまで、住人ひとりひとりの一生に密接にかかわる存在だ。しかもどれほど鄙(ひな)びた地の管轄であろうと、聖教会の本部とつながっているところが厄介でもある。

「どうします？」

ガイウスの迷いは一瞬だった。

「あまり長居はできない。正面突破でいこう」

「あなたらしいことだ」

とはいえタウンゼントも反対はしない。

相手が司祭ならそれなりに冷静な対話ができるだろうし、たとえ収穫がなくとも城館の住民たちのことは把握しているはずだ。

「聖堂はあちらのようですね」

タウンゼントの視線を追い、ゆるやかな丘をながめやれば、梢の先に古い鐘楼がそびえている。

石垣沿いの小路をひと駈けし、馬を曳きながら敷地をのぞくと、そこには大小の墓碑が並んでいた。鐘楼が影を投げる冷え冷えとした墓地に、ひとけはない。どうやらこちらが裏手にあたるらしい。

そのとき誰かがかさりと草を踏んだ。そろってふりむくと、そこに立ちすくんでいたのは十二、三歳の赤毛の少年だった。見知らぬ来訪者に驚いたのか、水桶をさげたまま目を丸くしている。

「きみはここの者か」

ガイウスが声をかけるが、少年はまばたきひとつしない。

「司祭さまにお会いしたいのだが、取り次いでもらえるだろうか？」

できるだけ優しげに伝えるが、相手はわずかに口許を動かしただけだ。

怯えるあまり、声にならないのだろうか。咎めるようなタウンゼントに、ならば代われと目顔で訴えているところに、

「これは失礼を。この子は口が利けませんもので」

黒い外衣をまとった初老の男が姿をみせた。

ガイウスは驚きつつもほっとして、

「そうでしたか」

「ふた親を亡くしてから、路頭に迷わせるにしのびなく、ここで面倒をみております」

「ではあなたが司祭の――」

「ライルズです」

穏やかな朽葉色の瞳からは、親しみやすい人柄がうかがえる。

「あなたがたは迷い児というわけではなさそうですが、なにかわたしにお役にたてることがありましょうか？」

冗談めかしたライルズに、すかさずタウンゼントがきりだした。

「おそれながら、過日ウィラード殿下が世を去られましたことを、ご存じですか？」

司祭は笑みを消し、神妙にうなずきかえす。

「王都に住まう知人より、便りが届きましたもので。なんでも獄中にてみずから死を遂げられたとか」

「痛ましいことです」

タウンゼントは目を伏せて弔意を表すと、

「では殿下の各地の所領が、いずれも王室の預かりとされていることについても、ご承知おきですか？」

「追って沙汰するとの通告を受けております」

「ならば話は早いですね。我々はアレクシア女王陛下のご下命をたまわり、当地の査察にまいりました」

「アレクシア……女王陛下の」

「どうかご案じなさいますな。女王陛下はガーランドのすべての民の、平穏な暮らしをお望みです。そのためにも現状をお知りになり、助けが必要であれば手をさしのべたいとのこと。決して悪いようにはなさりません」

「それはご配慮まことにありがたく。では手狭ではありますが、あちらの司祭館にご案内いたしましょう」

納得した司祭は、みずから立ち話をきりあげた。

念のために委任状をたずさえてきたが、あえてふりかざす必要もなさそうだ。

だが司祭がアレクシアの名をつぶやいたとき、その声がわずかに緊張を孕んでいたように感じたのだが、あれは単純に村の扱いを気にかけてのものだろうか……。

ライルズ司祭にうながされたふたりは、聖堂に隣接する石積みの二階家に向かった。

敷地には春のおとずれを待つ薬草園や、蜂の巣箱も並び、いかにもつましい田舎の教会というたたずまいだ。

「エリク。お客人に香茶を用意してくれるかい？」

司祭に頼まれた少年は従順にうなずき、仔兎が跳ねるようにかけだしていく。

ガイウスはたずねた。

「ここで暮らすのは、あの少年とあなただけですか？」

「さようです。ありがたくも村の者たちが、なにかと手を貸してくれますもので」

なんとか暮らしはまわっているという。

どうやら教区の民からも慕われているようだ。

外観のままにこぢんまりした司祭館を彩るものといえば、暖炉に飾られたくすんだ聖画と、一輪挿しの野花くらいだろうか。食卓の籠からのぞくパンや果実は、村人から届けられたものかもしれない。

書斎机を挟んで席につくやいなや、タウンゼントが水を向ける。

「かつてウィラード殿下は、この村でご成長あそばされたそうですね」

「お生まれもこちらです。庶子とはいえ初めての御子――それも男児のご生誕を喜ばれた先王陛下が、この直轄領をたまわられたという次第で。それはそれはお美しい母子であらせられましたよ。おふたりで礼拝にいらした日々が、昨日のことのようにまなうらに浮かびます」

「裏手の墓地には、そのラシェルさまが眠られているとか」

「それがあのかたのお望みでしたので」

司祭はわずかにまなざしをくもらせた。

かつてエルドレッド王に寵愛された彼女は、しだいに足が遠ざかる彼を待ちながら亡くなったのだろうか。

「父王の右腕となられてからも、亡き母君を偲んでか、殿下はたびたびこの地で短い休暇をすごされておりました」

「それはいかほどの頻度で？」

「さて。近年は季節に一度いらしたかどうかというところでしょうか」

ごく自然なそのくちぶりに、嘘はなさそうだが。

ガイウスはここぞとばかりに誘いをかけてみた。

「では在世にお目にかかったのは、昨年の？」

「晩秋……でしたか」

やはりタウンゼントの予想は的中していたのだ。

しかも司祭の口調には、明らかなためらいがある。

内心の手応えを隠しながら、ガイウスはたたみかけた。

「その日は城館にお泊まりに？」

「そううかがいましたが」

「どなたかお連れがいらしたのでは？」

たちまち司祭の双眸は、動揺を宿してさまよった。

ガイウスはその視線をからめとるように、

「いらしたのですね？」

「あなたがたはいったい」

もはや司祭は、これがただの雑談ではないことを、はっきりと悟っていた。そしてその狼狽こそが、彼のやましさの在り処を語ってもいた。

ガイウスはおもむろに腰の短剣をつかみ抜き、書斎机に横たえる。

物騒なふるまいに身をかたくした司祭は、だが剣が鞘に納められたままであることに気がつき、その意図をはかりかねたように眉をひそめる。しかしほどなく柄に刻まれた狼の紋章に目をとめ、

「これはアンドルーズ侯爵家の……」

おののいたようにガイウスをみつめかえす。

「するとあなたさまは」

「女王陛下の近衛隊長として、直々に派遣されてまいりました。理由はすでにおわかりのようですね」

ガイウスはあえて強気のはったりで揺さぶりをかける。これで一気に降伏まで持ちこめればよいのだが。

しかしライルズ司祭はわなわなと身をふるわせると、

「では……ではやはり殿下は、自死を選ばれてなどいなかったのですね」

蒼ざめたかんばせに、またたくまに義憤を燃えあがらせた。

そのさまをガイウスは啞然とみつめる。

「なんですって？」

「よもやしらをきるおつもりか。ただお命を奪っただけでは飽きたらず、さらなる侮辱を上乗せして貶めようとは、なんたる卑劣な――」

司祭は憤怒のあまり、いまにも短剣を抜いて突きつけんばかりの形相だ。

さすがに腰を浮かせかけたタウンゼントを、ガイウスは目線で制する。

「いったいこれはなんの糾弾です？　命を奪ったとは？」

司祭はまなじりを吊りあげる。

「あなたがたが殿下を手にかけておきながら、自死をよそおって隠匿したことに決まっているではありませんか！」

「馬鹿なことを」

ガイウスは呆れ、たちまち湧きあがる怒りをこらえた。アレクシアの憔悴ぶりを知る身としては、許しがたい言いがかりだ。

「あくまで法に則った刑の執行を控えていたというのに、わざわざそのようなことをする理由がどこにあるというのです」

「あなたこそ、なぜそれをわたしに訊くのです？」

悲鳴のような非難をぶつけられ、ガイウスはようやく状況を理解した。

どうやらこちらがすべての事情を把握しているというほのめかしこそが、誤解を生んだらしい。

「つまり――」

タウンゼントが冷静な声を投じる。

「発覚すれば処刑を待たずに殺されてもおかしくはないようなことを、あなたもご存じでいながら秘しておいでだったわけですね。そしておそらくはセラフィーナさまも」

司祭ははっとして頰をこわばらせる。

「ではいまのは」

「アンドルーズ卿ははったりがお上手ですから」

タウンゼントは無情にもさらりと告げてのけると、

「どうやらウィラード殿下は、我々の関心があなたに向くことを避けるために、みずから命を絶つという手段をめくらましに用いられたようなのです。よろしければこちらの教区名簿を拝見できますか?」

もはや躊躇なく核心に踏みこんだ。

タウンゼントの意図は明白だ。教区名簿には、その土地に住まう者たちの生没年はもとより、聖教会がなんらかの儀をほどこした記録が順に残されていて、すぐにはごまかしが利かない。

ガイウスは身を乗りだし、もうひと押しとばかりに伝えた。

「我々はあなたを咎めようというわけではありません。ただ兄君の自害に心を痛めておいでの女王陛下のためにも、真相をつまびらかにしたいのです」

「おそれながらわたしには……殿下のたっての願いを退けることができかねたのです」

司祭はついに観念したようにうなだれた。

「昨秋の急なおとないは、神の御前での婚姻の儀を求められてのことでした」

覚悟していたとはいえ、ガイウスはその告白に眩暈(めまい)をおぼえた。目をつむり、ささやくように問う。

「お相手はセラフィーナさまですね」

「さようです。国王陛下の許可なき王族の婚姻は、反逆に匹敵する大罪とされます。加えて宮廷の不安定な政情についても、わずかながら聞き及んでおりましたが、どうかなにも訊かずに手配をととのえてほしいと懇願されて……」

ライルズ司祭の心情は理解できなくもない。

時期から考えて、その婚姻がいずれ重要な意味を持つだろうことは、おのずと察しがついたはずだ。しかも隠れるように執り行うとなれば、なおさら危うさを悟らずにはいられなかっただろう。

それでもその成長を見守った不遇の王子が、長じて自分を頼ってきたとあらば、やはり断りきれるものではなかったのかもしれない。婚姻の誓約は生誕の地でたててこそ、その正当性を主張できるのだから。

タウンゼントが慎重に確認する。

「では立会人もそろえた、正式な婚姻を結ばれたということですか」

「はい。なにしろ急なことでしたので、留守の城館を預かる者に声をかけただけですが」

「殿下はさぞやあなたに感謝されたことでしょう」

「もったいないことですが」

書簡はあらためてその労をねぎらうものだったのかもしれない。自分とセラフィーナのために、故郷の司祭がなにがしかの便宜を図ったことをほのめかしたところで、さしたる問題はないだろう。もはやどちらも死にゆく身なのだから。

だがセラフィーナが懐妊しているとなれば、状況はがらりと変わる。

王弟ケンリックの娘セラフィーナの子であれば、正統な王位継承者として堂々と名乗りをあげられる身分だ。

母親が反逆者という汚点はあるにしろ、それこそが不遇の証として、アレクシアに反旗をひるがえす者たちがまつりあげる存在ともなりえる。

そしてアレクシアは罪なき子を殺せない。たとえその子が、みずからの地位を脅かす者になろうとも。

だからセラフィーナが出産を迎えるまでは、婚姻の事実に気づかせてはならない。そのためにウィラードは、みずからの命を捨てて危険を排除しようとしたのか――。

黙りこくるガイウスたちを、ライルズ司祭は交互にうかがう。

「秘密結婚の画策が女王陛下の不興をこうむったわけではないのなら、なぜに殿下は死を急がれたのです？　もはやなんの意味もなさぬことのために――」

そう続けたところで、司祭はみずから口をつぐんだ。

「まさか」

「そのまさかです」

もはやごまかしても詮無きことと、ガイウスは苦い息をついた。

「まだ終わってはいないことを、お知りになったためです」

「おお……なんということか……」

司祭は声をふるわせる。うるんだ瞳に歓喜と悲嘆が交錯し、その裏から御しがたい慕わしさがあふれだすさまをかいまみて、ガイウスはとっさに視線をそらす。

ともすると司祭はかつて、王に顧みられぬラシェルに、ひとかたならぬ想いを寄せていたのかもしれない。

それこそいまさら踏みこむ必要もないことではあったが。

「しかしまずいですね」

タウンゼントが宙に厳しいまなざしを向けている。

「もしもこの件が表沙汰になれば、陛下が口封じのために兄君を殺したという噂を、意図的に流されるかもしれませんよ」

「口封じだと？」

「処刑台であることないこと喚かれては困りますからね」

ウィラードの斬首は、王宮内でひそやかにすませるはずであったが、それでも立ち会いはかなりの人数になるだろう。死にぎわの捨て台詞とみなされ、誰もが真に受けはしないにしろ、たしかに秘密結婚の事実を暴露されたら、アレクシアにとって都合が悪いことは否定できない。

「ただでさえ殿下の自死を怪しむ声はなくもないのですから、いかにも信憑性のある噂としてまたたくまに広まることでしょうね」

「つまりそれもまた、彼の目的であったわけか」

「まったく、敵にはまわしたくない相手ですよ」

正統な王位継承者の存在を隠蔽しようとしたアレクシアが、正式な手順を踏まずに兄を暗殺した——そう解釈し、女王打倒を正当化できるだけの根拠を、ウィラードはみずから置き土産として残したのだ。

セラフィーナと、じきに生まれる我が子のために。

死してなお——その死を踏み台にしてまでアレクシアを追いつめる執念に、ガイウスはあらためて怖気をふるわずにいられない。

「とにかくいまは時期が悪すぎます」

現実的なタウンゼントが、いざ主張する。

「なにより女王の治世を安定させねばならないというときに、不満分子が飛びつきそうな存在が明るみにでるだけでも厄介です」

ガイウスも同意し、司祭に向きなおった。

「ライルズ司祭。女王陛下は罪なき命を奪うほどに無慈悲なかたではありません。しかしながら私利私欲のためにその子を担ぎあげ、陛下を玉座から追い落とそうとする者がいるのであれば、我々もガーランドの安寧のために相応の態度で臨まなければなりません。おわかりいただけますね？」

司祭はぎこちなくも首肯した。

「それは……おっしゃるとおりかと」

「かくなるうえはお約束いただきたい。秘密結婚については沈黙を貫くこと。そして署名のなされた婚姻誓約書を、我々にお預けいただくことを」

「誓約書を」

「ええ。双方の立会人のもとに、それぞれ直筆にて御名を綴られた証書を作成されたはずです」

婚姻を証明するためには、正式な書面を残さなければ意味がない。つまりそれさえ押さえてしまえば、すべては偽証であると反論することもできるのだ。

「女王陛下のお望みとあらば、沈黙の誓いはたてましょう。しかし証書をお渡しすることはできかねます」

「なぜです」

「それはこちらでお預かりしているものではないからです」

「では殿下が持ち去られたというのですか？」

「儀式を終えるとともに、すぐにお渡しいたしましたので」

「しかし私物を検めればいずれ発覚することを、ああまでして隠そうとするはずがありません。事実あのかたの謀の全貌を暴くために、書状のたぐいは徹底的に調べあげられましたが、それらしいものはみつかっていないのですから」

ガイウスはもどかしさに声を鋭くする。

司祭はその剣幕に気圧されながらも、

「あいにくながらわたしにはわかりかねます。どなたか信頼のおけるかたに託されたのかもしれません」

「その相手に心当たりは？」

司祭は力なく首を横にふりかえす。

しかしその言葉を鵜呑みにしてよいものだろうか。婚姻の儀のためにウィラードに利用されただけという印象も受けるが、心情としては無条件の親愛に近いものを感じる。

利害は度外視して動くとなれば、それこそ危うい存在である。

タウンゼントと視線をかわせば、やはりこのまま口約束を信じて放りだしていくわけにはいかないと考えているようだ。だがひそかに監視をつけるというのもまた難しい。

ふたりはうなずきあい、ガイウスは不安げな司祭をふりむいた。

「では念のために、直近の文書を検めても？」

「いたしかたないでしょう。どうぞご存分になさいませ」

「確認が終わりましたら、王都までご同行いただけますか？」

そう続けると、司祭はさすがに驚きをあらわにした。

「これからすぐにということですか？」

「おそれながらご理解ください。すでに機密を共有されたあなたから、目を離すわけにはいかないのです」

「……わたしは収獄されることになるのでしょうか」

「まさか。ただしばらくのあいだは、連絡を取れるのはこちらが許した者のみという環境で、おすごしいただくというだけです。誓約書の在り処について、そのうちに記憶がよみがえることがあるかもしれませんし」

あえてそうつけたし、完全には信用していないことを匂わせる。牽制のためにも、多少の脅しならかまわないだろう。

重要な文書は、聖堂内に施錠のうえで保管されているというので、さっそく向かうことにすると、食卓では茶器の用意をすませた少年が所在なく肘をついていた。無愛想な来訪者たちに臆してか、こちらの姿を認めるなり弾かれたように立ちあがる。

ガイウスは司祭に訊いた。

「この子の世話を誰かに頼めますか？」

「領主館に文字を読める者がおりますので、事情を知らせる走り書きを持たせます。かまいませんか？」

「もちろんです。そうしてください」

「エリク。わたしはこちらのお客人と、王都にでかけることになった。帰るまで薬草園の手入れを任せてもかまわないね？」

エリクは狼狽したように、手ぶり身ぶりでなにかを訴えている。どうやら司祭の身を案じているらしいことは、ガイウスにもその表情からうかがえた。

「司祭さまのことは、わたしの責任において丁重にもてなそう。安心して待つといい」

ぱさついた赤毛に片手をのばし、くしゃりとなでてやる。驚きに目を白黒させるエリクは、やはり仔兎のようだ。

この子のためにも、じきに司祭を解放できるといい。

夜霧のようにたちこめる不安を拭えぬまま、ガイウスは心からそう祈った。

「いまや陛下のお心は、さかしまの鏡に覆われておしまいになりました」
王妃は悲痛な面持ちで、客席に語りかける。

かたくななその背に、ディアナは問う。

「さかしまの鏡？　さかしまの鏡とはなんです？」

「忠臣は奸臣に。真の愛は欺きに。すべてはその邪悪な鏡に歪められ、わたくしの言葉が届くことはないのです」

「では――」

男装のディアナは、腰の短剣を抜き払った。

「もはや汚名を雪ぐすべをお持ちになられぬのであらば、燃えさかる屈辱の焔で鍛えあげたこの鋼でもって、いざわたしが父上を――」

足音高く舞台を去りかけたディアナを、王妃が呼びとめる。

「いけません！」

「なぜおとめになられます」

肩越しにふりむいたディアナは、

「いかなる理由があろうと、陛下に剣を向けてはならないと？」

激情をもてあまし、左右に身を裂かれるいらだちが嵩じたように、

「ならば御身の潔白は、曇りなきその鮮血を散らすことで明かされるおつもりですか」

捨て鉢の抗議をぶつけかえした。

それはどこか駄々をこねる幼子のような、無自覚の懇願にして挑発だ。

さほどまでに追いつめられた心境を知らしめ、決死の抵抗をうながすために、やみくもに投げつけた石礫にすぎない。

しかし尖った小石はたしかに、王妃の心に命中したのだ。

動きをとめ、呼吸をとめて向かいあう母子の瞳をのぞかなければ、その波紋のありさまはうかがえないだろう。

おたがいの姿を映しながら、王子は凍りついた王妃の双眸に、みずからのさかしまの鏡がすでに映りこんでいることを認めただろうか。

だがそれは本当にさかしまなのか。

内なる確信が、狙いを定めて矢を射ちこんだのではないのか。

合わせ鏡の沈黙はなにも語らず、打ちかえす波紋を歪ませてゆくばかり。

やがて王妃が足を踏みだした。迷いなき歩みでこちらをめざし、いまだ身動きできずにいる息子の手をつつみこむように、短剣をみずからの手に移す。

「ではわたくしは、なすべきことをいたしましょう」

誰ともなく告げた王妃は、毅然とした背を向け、上手の幕裏に立ち去った。

衣擦れの音が消え、我にかえった王子は、空の片手をみつめる。

なぜむざむざと、あの短剣を奪わせてしまったのか。

自分はそれを望んでいたのか？　なんのために？

ディアナはよろめき、光からあとずさるように、下手の幕裏に姿を消した。

「よしよし。上出来だぞ」

暗い舞台裏に待ちかまえていたのは、座長のリンゼイだ。

国王を演じる座長は、憔悴のあまり隈の浮いた化粧をほどこしているため、満面の笑みに不気味な迫力がある。

「あの長い沈黙が効いていたな」

「本当ですか？」

「おうとも。おまえの案を採用して正解だ」

昨日の夜まで考えたあげく、ディアナは座長の許可をもらい、王妃とのやりとりの締めくくりにわずかな修正をほどこした。

息が詰まるほどの沈黙と、なすすべもなく王妃を見送る呆然としたありさまで、言葉にされない——言葉にならない感情の交錯を伝えながら、いかようにも深読みできる奥行きを加えたのだ。

「おまえの演じたあの王子が、おれはなんだか気の毒になったよ。罪のない無邪気さではない。かといって完全なる冷血ともいえない。これからどんなふうに生きていくんだろうなってね」

「それでかまわないんですか？」

「共感も反感も、受けとめかたは人それぞれだからな」

海軍卿の意向には従いながらも、座長にとっては舞台が魅力的であることが、なにより重要なのだろう。

「おまえには役に息を吹きこむ才があるよ。うちに留まれば、しばらくは少年役でも売りだせるはずだ。きっと人気がでるぞ」

「それは……」

「おっと。そろそろわたしの出番だ。またあとでな」

座長は話をきりあげて、舞台の様子に耳をそばだてる。

邪魔にならないよう、ディアナは幕裏から離れて、ひとり息をついた。

座長の誘いはありがたく、自分でも手応えを感じただけに、これきりで一座を去らねばならないことが、いまさらのように惜しまれてくる。

そしてふとひらめいた。これで見納めになるのなら、残りの芝居はひそかに桟敷席から見届けさせてもらうのはどうだろう。

いまの王妃とのやりとりで、ディアナの出番はおしまいだ。終幕を迎えたら、舞台に顔をそろえて挨拶をすることになっているが、それまでは裏方の手伝いに駆りだされる予定もない。

ディアナは足音をひそめて舞台裏から離れると、件の裏階段に向かった。

演じながら客席を見渡したかぎりでは、人影は正面にしかうかがえなかったので、隅の桟敷に忍びこめば誰にも見咎められないだろう。

狭くて暗い裏階段をいそいそとのぼり、出入口の垂れ布をすり抜けるように、すぐそばの桟敷席に飛びこもうとしたときである。

「……あら？」

ゆるく弧を描く通路の先に人影を認めて、ディアナは動きをとめた。洒落た宮廷衣裳をまとった鳶色の髪の少年が、外壁に嵌められた菱形の硝子窓にもたれるように、外をながめている。

「ノアじゃない。あたしと同じことを考えたのかしら」

ディアナはくすりと笑い、忍び足でそちらに近づいていった。

「ノア。あなたも舞台を観にきたの？」

だがふりむいた少年はノアではなかった。かといって一座の子役でもない。

「あなた……誰？」

蒼ざめた、繊細な陶器人形のようなおもざしからして、そこらを走りまわる庶民の子ではなさそうである。となると——。

「ひょっとして海軍卿の？」

「……息子だ」

少年はためらいながらもうなずいた。

ディアナは急いで頭を垂れる。

「これは失礼をいたしました」

「かまわない」

まだ声変わりもしていないが、ノアよりいくらか年嵩のようだ。小柄なせいで幼い印象を受けたものの、まなざしはおちついている。

ともあれセヴァーン卿の家族とあらば、無下には扱えない。ここはひとつ愛想好くふるまって、一座の将来に貢献しなくては。

少年はしばし遠慮のない視線を注いでいたが、

「そなたは女なのか」

「さようですよ」

「では女が王子を演じていたのか」

髪をひとつに結び、男装に身をつつんだディアナを、少年はものめずらしそうにながめている。

「驚かれましたか？」

「巧く化けたものだな」

「光栄です」

いかにも率直な感想に、ディアナは笑いだしそうになる。

しかしどうやらひとりで、桟敷席を脱けだしてきたらしいことが気にかかる。いよいよ終幕も終盤にさしかかり、ここからが肝心というところなのだが、心なしか気分が悪そうでもある。

「お加減が優れないのですか？」

「そうではない」

「ではお芝居が退屈で？」

「そういうわけでも。ただ……観ていられなくて」

「え？」

演技が下手すぎる。筋書きが不自然。演出がしらじらしい。さまざまな酷評がディアナの頭をよぎるが、実際に告げられたのはそのどれでもなかった。

「わたしはなにか、そら恐ろしいものをまのあたりにしたようで、それで――」

席を離れずにいられなかったらしい。どうやら外見にたがわず、感性のこまやかな少年のようだ。

ディアナは胸に片手をあて、感激の意を伝えた。

「それはなにより嬉しいお言葉です」

「嬉しい？　中座をしたのにか？」

「だってお席でじっとしてはいられないほどに、わたしたちのお芝居に心を動かされたということでしょう？　愉快でも不愉快でも、そんなふうに感じていただけるなんて、役者冥利に尽きるというものです」

「そういうものか」

「みんなに伝えたら、きっと喜びます」

「それは……その必要はない」

少年はぎこちなく目をそらす。

「お恥ずかしいですか？」

「そうではない。けれどわたしの意見など、取るに足らないものだから」

「そんなことはありませんよ。お若くたって、だからこそ瑞々しくて、鋭い感覚をお持ちなことも多いんですから」

「しかしわたしは若輩者だから、わたしの意見に耳をかたむける者など誰もいない。この芝居だってセヴァーン卿が……父が押しつけたものだそうではないか。わたしはこのようなやりかたは望んでいなかったのに」

ではこの少年は、芝居に隠された目的を知りつつ、賛同はしかねているのか。

第二王子派の筆頭格といえる海軍卿の息子でありながら、志を異にしており、まともに意見することもできないのだとしたら、さぞやもどかしく、無力感にさいなまれてもいるのではないか。

　黙ってうつむく少年に、ディアナはふとアシュレイの面影をかいまみる。

「若さまはあのお芝居の、なにを恐ろしいと感じられたんですか」

　さりげなく問うと、彼は亡霊の影に怯えるかのように、視線をさまよわせた。

「……わからない。ただあの王子が崖縁に追いつめられて、ぞっとするようなものを覗きこんでしまったようで……」

　おそらくはそこにおのれの姿をかさね、かきたてられた感情をうまく言葉に落としこめずにいるのだろう。

「ならいまのお気持ちを、そのまま忘れずにいらしたらいいわ」

「わからないままに？」

「お芝居は観る者の心を映す鏡でもありますから。忘れずにいたら、いつかわかるときもきますよ」

「鏡」

「鏡に向きあうのは、誰しも勇気のいることですもの」

「そなたもか」

「もちろんです」

　うなずきかえすと、彼はようやくほのかな笑みを浮かべた。

面映(おもは)ゆそうな表情が、どこか亡きエリアスにも似ていることに気がついて、ディアナはたちまち胸が締めつけられる心地になる。

「そなたの名を訊いていなかったな」

「ディアナといいます」

「憶えておこう」

「どうぞよろしくお見知りおきを」

とはいえおそらくこれきり会うこともないだろう。

ディアナがひそかに名残惜しさをかみしめていたときである。

「この臭いはなんだ」

ふいに少年が鼻をひくつかせた。

たしかになにかが焦げついたような臭いがする――だけでなく、いつのまにかふたりの足許には、白い靄(もや)のようなものがたちこめていた。

「やだ。なによこれ？　煙玉かしら？」

「煙玉とは？」

「ええと……舞台で使う小道具のひとつです。煙だけがもくもくたちのぼるので、城攻めや霧なんかの演出に便利なんですけど」

「その煙がこんなところまで？」

「そんなはずは……」

そもそも今日の演目で、煙玉を使う予定はないのだ。

しかしたしかに煙は、裏階段のほうから流れこんでくるようだ。誰かが扱いを誤ったのかもしれない。

ついに少年が咳きこみ、ディアナは我にかえった。煙はすでに膝を隠すほどだが、通路の硝子窓はどれも嵌め殺しなので、逃がすことはできない。

「若さまはどうぞ桟敷席にお戻りください」

「そなたはどうするのだ」

「裏階段に通気窓があるので、そこから煙を追いだしてきます」

「危険ではないのか」

「ただの煙ですから平気です」

この様子だと裏階段にはすでに煙が充満しているだろうが、ほんのつかのま息苦しさを我慢するだけだ。慎重に壁に手をついていけば、転がり落ちずにすむだろう。

「ではどうぞ足許に気をつけて。もしもみなさまが煙に気づかれたら、事情をお伝えしてください」

「だが——」

ためらう少年をふりきり、ディアナは身をひるがえす。

しかしおもいきって垂れ布を押しのけたとたん、襲いかかる熱気に立ちすくまずにいられなかった。

「嘘……どうしてこんな……」

ただの煙玉が、こんな熱気を放つはずがない。しかも吹きつける煙幕の奥からは、ぱちぱちとなにかが爆ぜるような音まで聴こえてくる。

これではまるで――。

「どうした」

ひとりでは立ち去りかねたのだろう、不安げな少年に声をかけられて、ディアナはびくりとふりむいた。とたんに足許から、がらがらと木材の山が蹴散らされるような地響きが伝わり、血の気がひく。いまのは裏階段の一部が崩落した音ではないのか。

ディアナはとっさに少年を出入口から遠ざけた。

「若さま。ここは危ないですから、早くお逃げください」

「逃げるとはなんだ。ただの煙ではないのか？」

「どうやらそのようです」

そしておそらくはただの失火でもない。

自分が裏階段をかけあがったときに、蠟燭でも倒したのかとも考えたが、それにしては火のまわりが早すぎる。あたかも油を撒き散らしたかのように。

これこそがヴァシリスのほのめかしたさし迫る災いなのか。

興行が妨害されることは危惧していたが、たしかに本拠地である箱そのものを壊されては大打撃だ。しかも罪のない観客を犠牲にしなければ、一座の責任による損失としてかたづけることができる。

あくまで機先を制する目的ではあろうが、混乱のなかでひとりふたりが命を落としてもかまわないつもりではいるかもしれない。

ディアナの脳裡に、実際には目にしていないはずの《白鳥座》の最期が、禍々しく映しだされる。

またも無情な焔が、かけがえのないものを奪い去ろうとしているのか――。

「ディアナ。大丈夫か」

幻影のただなかに立ちつくしたディアナの腕を、少年がつかんだ。

気がつけば、煙はもはや数歩先もおぼつかないほどに、勢いを増している。

ディアナは衝かれるように、少年の手を握りしめた。そして懐から手巾を取りだして彼の口許にあてがうと、

「絶対にわたしから離れないで。これで煙を吸いこまないようにしていてください」

その手をひきながら、手さぐりでそばの桟敷席にかけこんだ。

舞台では、血にまみれた王妃をだきしめた王が、慟哭の長台詞を謳いあげている。

いまだ異変には気がついていないようだが、上手の各階にもじわじわと煙が這いだしている様子がうかがえた。おそらくあちらの裏階段にも、同じように火がかけられているのだろう。

演技をさえぎるのは心苦しいが、舞台が終わるまで待ってはいられない。

「座長！　裏階段から火がでてるわ！」

ディアナは手摺りに飛びつき、渾身の声で叫んだ。

「ただの小火じゃないの。煙がまわるまえに早く逃げて！」

ぽかんとこちらをふりむいた座長が、みるまに表情を変える。たったいままで息絶えていた王妃役も悲鳴をあげ、舞台はたちどころに騒然となるが、あとは座長に任せておけばなんとかなるだろう。

ディアナは少年に向きなおると、

「これから若さまを海軍卿の許にお連れします。もうしばらくの辛抱ですからね」

こくりとうなずく相手にほほえみかえし、ディアナは意を決して通路に踏みだした。焔はすでに裏階段の垂れ布を焼き、柱を舐めつつある。

ぞっとしてこわばる足を叱咤し、壁をさぐる片手と、握りかえされる片手に力をもらいながら歩きだす。煙の流れからして、このまま正面階段までたどりつけばかならず助かるはずだ。

「あっ！」

ふいに少年がつまずき、床に膝をついた。

ディアナも膝を折り、

「立てますか？」

急いで支えあげようとしたときだ。

「殿下！　どちらにおいでですか？　殿下！」

煙に閉ざされた視界の先から、切羽詰まった声と足音が近づいてきた。耳慣れぬ男の声だが、殿下とは王子を演じたディアナのことだろうか。

ともかくもディアナは応じようとしたが、

「ここだ！　わたしはここにいる！」

先に声をあげたのは少年のほうだった。

ほどなくおのれの腕を楯にするように、ひとりの青年がかけつけてくる。

「ご無事でしたか。なぜこのようなところに？」

「すまない。卿らの邪魔にならぬよう、黙って中座をしていた」

「まったく肝を冷やしました」

跪（ひざまず）いた男は腰に長剣を佩（は）いている。海軍卿の家臣が、主人の息子の姿がないことに気がつき、あわてて捜しにきたのかもしれない。

「みなさまはすでに避難されています。我々も急ぎましょう」

「待て。もうひとり――」

「緊急事態です。ご無礼をお許しください」

彼は少年を肩に担ぎあげるなり、踵をかえした。

「なにをする。すぐに降ろせ。彼女も連れていかねば！」

「お話は外でうかがいます」

じたばたと抵抗する少年にはとりあわないまま、男の姿はみるまに遠ざかり、煙の壁の向こうに消え去った。

呆然とそれを見送ったディアナは、やや遅れて状況を理解する。つまり男はディアナがすぐそばにいることに気づかず、煙のただなかに取り残されたのだ。

ならばどうすればいいか、頭ではわかっている。ふたたび壁に手をついて、這ってでも先に進めばいい。なのにまるで手足が萎えたように、へたりこんだまま動けないのはなぜだろう。

喉がひりつき、目が痛んで、いまさらのように涙がにじんでくる。

見捨てられたわけではないのにそうと感じるのは、その鏡にかつての自分の姿を映しているからだ。

燃え落ちる聖ギネイラ修道院から、自分だけが逃げ延びた。

ひもじい《奇跡の小路》の暮らしから、自分だけが脱けだした。

家族も同然の《白鳥座》の仲間たちは、自分のせいで皆殺しにされた。

誰より近くにいたのに、毒に侵されたエリアスを助けることもできなかった。

処刑台ではグレンスター公が首を落とされ、自分だけがアレクシアに救われた。

だから——ともすると自分はアレクシアの力になることで、彼女の強さを自分のもののように感じたかったのかもしれない。

「ならこれもめぐりあわせかしら……」

自分がここに居あわせたことで、誰も命を落とさずにすむのなら。

ディアナは咳きこみながら、壁に身をもたせかけた。視界が暗いのは煙のせいか、それとも煙の毒のせいか、頭がぼんやりと霞んで意識が遠のいてゆく。

しかしいまにも暗い安らぎに沈みこまんとする意識は、力任せに耳朶をひっぱるような騒がしさに妨害された。

誰かがうるさくディアナの名を叫んでいるのだ。

「……リーランド？」

そう悟ったとたんに、うつろな響きが焦点を結ぶように、心に飛びこんできた。

「ディアナ！　どこにいるんだ？　ちゃんと返事をしろよ、あの馬鹿！」

馬鹿？　馬鹿とはなんだ。黙っていれば好き勝手なことを。

なにか言いかえしてやらなければ――そんな衝動がこみあげるとともに、手足の先まで血がめぐりだす。

熱い脈動が、早く早くと呼びかける。

「――……っ！」

だがいまや喉は煙に灼けついて、かすれた呻き声にしかならない。

ディアナは手さぐりで垂れ布にすがりながら、桟敷席に転がりこんだ。這いずるように手摺りまでたどりつくと、渾身の力で身を乗りだす。

「ここ……ここにいるわ……」

声なき声で訴えると、いち早く平土間のどこかから声があがった。

「いた！　下手から五番めの桟敷席だ！」

ノアだ。もうとっくに、安全なところに逃げていたのではなかったのか。

すかさずどこかの通路から走りだしてきたリーランドが、

「ディアナ！　なんでまだそんなところにいるんだ！」

目を剝いて怒鳴りつけてくる。気遣いのかけらもない反応に、ディアナはむくれかけて失敗する。いつもの余裕をなくしたさまが、いかにも彼らしくなく、だからこそディアナの胸をふるわせる。

「怒らないでよね……」

目の裏が、煙とは異なる痛みに熱くなる。

そんな彼女をまっすぐに指さして、

「いいか？　いまからおれが助けにいくから絶対にそこから……いや、それじゃあ手遅れになるかもしれないな」

リーランドはみずから撤回するなり、驚くべきことを告げた。

「ディアナ。いますぐそこから飛び降りろ」

「え？」

平土間から客席のゆるやかな階段をかけのぼり、横に移動してディアナを仰ぎ見ながら両腕を広げてみせる。

「ほら。おれがかならず受けとめるから、思いきってやれ！」

どうやらリーランドはいたって本気らしい。ディアナは目が覚める心地になり、おかげでこの高さが急に恐ろしく感じられてくる。

「でも――」

「ディアナ」

リーランドがあらためて呼びかける。

なじるように。ねだるように。

「あんまりおれを待たせるな」

ディアナは息をとめる。

役者が投げる説得の言葉になんて、心動かされるものではない。

それでも次の刹那——ディアナはためらうことなく、宙に身を投げだしていた。

ウィラードとセラフィーナは、ひそかに婚姻の誓いをかわしていた。

その事実がとろりと甘い毒水のように、アレクシアの心に浸みこんでゆく。

否——毒はとうの昔に仕込まれていながら、ついに効きめをあらわしたのだ。

「つまりセラフィーナ従姉さまは、御子を腕にいだかれてからそれを明かすつもりでいらしたということか。その子の身の安全を確実なものとするために？」

無様にかすれる声で、アレクシアはなんとか訊きかえす。

ガイウスは心苦しげにうなずいた。

「おそらくは。そしてその遺児を王位継承者として支持することに、かならずや呼応する者たちがいると読んでいるのかもしれません」

ガイウスの隣には、同じく苦い表情のタウンゼントが控えている。

ふたりはアレクシアの執務室に、朝一番にやってきた。王都を発ったのは昨朝のはずなので、予想外の早さにアシュレイともども驚かされたが、どうやら帰路では宿もとらずにかけつけたらしい。

アレクシアは衝撃に乱れる心をなんとかなだめながら、それが現実的にどれほどの脅威かを見極めようとする。

「しかし従姉さまには、支持者と連絡を取りあう手段はないはずだ。ならば遺児の存在を秘したまま、こちらがその誓約書さえ回収してしまえば――」

「おそれながらそれは悪手といえましょう」

思案をかさねた面持ちで、タウンゼントが意見した。

「誓約書の在り処をさぐる動きが知られた時点で、セラフィーナさまの懐妊に勘づかれる可能性は高いはずです。なにしろウィラード殿下の自死のあとになって、慌てて誓約書を捜し始めていることに加えて、セラフィーナさまの斬首もいまだ執行されていないのですから」

「おのずと状況は察しがつくか……」

婚姻が重要な意味を持つのは、王位継承にからむ子が生されたときだけだ。

アレクシアは追いつめられた心地で、執務室をさまよい歩いた。

すると壁際で腕を組んだアシュレイが、ガイウスにたずねた。

「王都にお連れしたというその司祭は、いまはどこに?」

「アンドルーズ邸に留めおいている」

「なにか隠している様子は？」

「怪しくはあるが……」

「では相応の手段で、口を割らせるという手もありますか」

アシュレイがつぶやき、アレクシアはぎくりとした。

「司祭を拷問にかけるというのか？」

「必要とあらば、手段を選んではいられないよ」

「できない。聖教会に知れたら大変なことになる」

アレクシアにとって、聖教会との関係が良好であり続けることは、人心をつなぎとめるという意味でもなにより重要だ。

アレクシアはガイウスに告げる。

「いざとなれば、わたしがじかにお会いしよう」

「ではほどほどに問いつめておきます」

「やりすぎはだめだからな」

アレクシアは釘を刺し、タウンゼントに目を向けた。

「兄上が証書を託すような相手に、目星はつけられるか？」

「そうですね……疑いだせばきりがないですが、女王陛下に反旗をひるがえす筆頭として考えられるのは、先の王位継承争いでウィラード殿下に与し、現在は不遇をかこっている上位貴族あたりでしょうか」

「上位貴族？」

するとアシュレイが口を開いた。

「きみとの婚姻によって、縁戚として栄華を極める目論見も崩れそうとなれば、飛びつく理由になるはずだ。国内の有力貴族として期待の余地があればこそ、きみが乗り気でないことに不満も募るだろうからね」

「……わたしがガイウスを伴侶に望むことが、ここにも影を落としているのか」

「それも織りこみずみで、ぼくはきみたちを掩護すると決めたのさ。まさかいまさら覚悟をひるがえしたりはしないだろうね？」

咎める口調とは裏腹に、天色の瞳は悪戯な光を宿していた。

アレクシアはガイウスと視線をかわし、かすかに笑いあう。

「あいにくとできかねるな」

「わたしもです」

ならばおたがいに腹を据えて立ち向かうまでだ。

焦らず弛まず、細心の注意を払って、障害をひとつひとつ乗り越えていくしかない。

ガイウスの偉大なる母——コルネリアの教えをあらためてかみしめながら、アレクシアは一同を見渡した。

「ではすべてを穏便に収めるには、わたしたちはどうしたらいい？」

アシュレイが宙をながめやりながら、

「誓約書の持ち主さえひそかに特定できれば、屋敷に忍びこんで盗みだすという手があるけれど」

平然と言ってのけ、アレクシアはまじまじと目をみはる。

「盗みだす？」

「そう。誰が盗んだのか、相手が気づいたところで、抗議することもできないわけだからね。いたって穏便だろう？」

「たしかに……」

卑怯な手ではあるかもしれないが、それで対決を避け、表向きにも敵を生まずにすむのなら、望ましい結果である。

ガイウスがいくらかおもしろがるように、

「ではリーランドに使用人でも演じさせますか？　アンドルーズ邸の上階にも、こそ泥のように潜りこんだ男です」

「それは安易ではないか？」

雑な提案に、アレクシアは苦笑いさせられる。リーランドならきっとうまくやるだろうが、ロージアンの芝居小屋で情報を集めるのとはわけが違う。その《天馬座》でも、故意の出火に巻きこまれたばかりなのである。あまりこちらの思惑で利用するようなことはしたくない。

とはいえ使用人というのは、たしかに無視のできない存在だ。空気のように主のそばを漂いながら、あらゆる秘密をつかんでいたりする。

アレクシアはふとひらめき、ガイウスに訊いた。

「そのライルズ司祭は、孤児の少年と暮らしているのだったな」

「ええ。従順で内気そうな、口の利けない少年で」

「兄上たちが婚姻の儀のために教会をおとずれたとき、司祭とのやりとりを聴いていたのではないだろうか。兄上も司祭には心を許して、支持者についても打ち明けていたかもしれない」

ガイウスが眉を動かす。

「では司祭よりも、その子を落とすほうが早いかもしれないと?」

「酷ではあるが、うまくなだめすかすなどして……」

「しかしあの少年は、身ぶり手ぶりでしか意志の疎通ができないようですから」

「読み書きは?」

「そこまではなんとも。筆記具のたぐいを身につけている様子はありませんでしたが」

「ではその手ぶりのみで、緻密な会話が成りたっていたのではないか?」

「え?」

とまどうガイウスたちに、アレクシアは説明した。

「かつて司教さまに教わったことがある。修道院には親が育てにくい——つまり目や耳が不自由な子が捨てられることもままあるから、文字や言葉を手のかたちや動きで伝えあう方法を編みだした修道士がいると」

ガイウスははっとしたように、

「では少年と同じ手ぶりを、司祭も会得していたはずだと?」

「司祭がその子に教えたのであればな」

ガイウスとタウンゼントが、みるまに表情をくもらせる。

「どうした」

黙りこむふたりを交互にうかがうと、タウンゼントが白状した。

「おそれながら我々は、司祭が不審な書きつけやら言いつけやらを少年に残すことがないよう、目を離さずにおりました。ですがその手ぶりとやらで、ひそかに指示を与えていた可能性もあるのではないかと」

「……だとしたら?」

嫌な予感をおぼえながら、アレクシアは先をうながす。

「もしも彼を支持者の許に走らせていたならば、セラフィーナさまの懐妊についてもすでに先方に知られているかもしれません」

すかさずアシュレイが厳しい声を投げた。

「タウンゼント。その子の顔は憶えているね？」

タウンゼントはわずかに抵抗のそぶりをみせたものの、悄然とうなずいた。

「……わかりました。急ぎあの少年の所在を確かめに、リンウッドへ向かいます」

たしかにそうしてもらうよりないだろう。

もしもその子が村から姿を消していたら、状況は深刻だ。

「従姉さまの所在までは知られていないのが、唯一の救いか」

「そうともいえない」

アシュレイが険しいまなざしで指摘する。

「彼らはなんとしても、母子の身柄を押さえようとするはずだ。その気になれば、彼女がすでに王宮の地下牢にはいないことも、じきに知れるだろう」

「では移動先として小夜啼城が怪しまれるのも？」

「もはや時間の問題かもしれない」

「そんな！　本気で母子を奪うつもりでかかられたら、小夜啼城の人々では太刀打ちできない」

その状況を想像して、アレクシアはぞっとする。

アレクシアとガイウスが偶然にも逗留していた小夜啼城で、グレンスターの私兵を撃退できたのは、あくまで相手が少人数だったからにすぎない。

ガイウスも同じ危惧をいだいたのだろう、

「王宮から警備兵の隊を送りますか？」

そうたずねるが、アレクシアは同意をためらった。

「わたしは小夜啼城の人々を巻きこみたくない。どこかに人知れず出産を終えられる地はないだろうか」

するとアシュレイが提案した。

「それならラグレス城はどうだろう？　護送はグレンスターの私兵に担わせる。小夜啼城から街道を西に向かい、レイナムの港から海路で南岸沿いに海峡をめざせば、ひとめにもつきにくい」

「そうか。グレンスターの本拠地ならば──」

部外者が侵入するのも難しければ、たとえ攻めこまれても護(まも)りは万端だ。現在ラグレス城は、家令のメイナードが全権を担っているが、彼になら安心して任せられる。

アレクシアは活路を見いだした心地で、ガイウスの意見を求める。

「おまえはどうだ」

「わたしも賛成です。ただもしもの事態に備えるためにも、我らのいずれかが移送に同行して、首尾を見届けるべきではないかと」

「たしかにそうだな。そもそも従姉さまが長旅に耐えられるお加減なのかどうかも見極めねばならないし、御子の扱いについてもできるだけお望みに副うよう、お考えをうかがいたいところだ」

ガイウスは忌まわしげに眉をひそめる。

「彼女の望みなど、その子を玉座に据えること以外にないでしょう」

「そうともかぎらない。心境が変わられて、御子の平穏な人生をお求めになれば、陰謀の芽を摘むことにみずからご協力くださるかもしれない」

「誓約書の持ち主を、明かさせようというのですか？」

「望みは薄いかもしれないが、条件しだいでは」

するとアシュレイが口を挟んだ。

「うまく懐柔できるに越したことはないけれど、そうなると小夜啼城に誰を送りこむかが鍵だ。ぼくやタウンゼントのようなグレンスターの者では、相手をかたくなにさせるだけだろうからね」

「わたしもだめだろうな」

ガイウスも続け、アレクシアは目をまたたかせた。

「残るはわたしか。しかしさすがにいま王都を離れるのは……」

一同に異論はなく、それぞれ悩ましげに沈黙する。

どこかにふさわしい人材はいないものだろうか。セラフィーナと面識があり、その人柄を理解したうえで、こちらの意を汲んだ交渉ができる者。

ガイウスがぽつりとつぶやいた。

「ではディアナはいかがです？」

「え？」

「あのふたりは異母姉妹です。吉とでるか凶とでるかわかりませんが、情に訴えかけようというのであれば、彼女以上にふさわしい者はいないかと」

「たしかに一理あるが……」

ディアナにとっては、あまりに因縁が深い相手でもある。

なにしろセラフィーナは、ディアナが妹であることを知りながらも、処刑台に送ることをためらわなかったのだ。

「それはディアナには酷ではないか？　ロージアンで負った傷も、いまだ癒えてはいないだろうに」

おそらくはヴァシリスのさしがねにより、ディアナたちが潜りこんでいた《天馬座》は半壊した。幸いにも死者はでなかったが、次の興行はしばらく延期せざるをえないだろうという。

ディアナも命に別状はないが、煙を吸いすぎたためか体調が優れず、いまだロージアンの港に留まっている状況だ。

心配はいらないと伝えてきていたが、これまでも同様の遣り口で大切な居場所や人々を奪われてきたディアナだけに、ひとかたならぬ打撃を受けたのではないかと案じられてならない。

「その療養も兼ねて、オルディス地方に一行を向かわせるというのは？　おちついたら小夜啼城や聖ギネイラ修道院の跡地をおとずれてみたいと、かねてより本人も望んでいたことですし」

「そういえばそうだったな」

そもそもそれを実現してもらうために、骨休めの旅に送りだしたようなものだ。

生まれに翻弄された半生の、原点の地をいざたずねることで、心の整理をつけることができるかもしれない。カティア媼もディアナに会いたがっていた。

アレクシアはアシュレイをうかがった。

「そなたは気が進まないか？」

「ぼくは……彼女の選択に任せるというかたちであれば」

「そうだな。無理に強いたところで、結果はかんばしくないだろう。受け渡しに立ち会うだけでもかまわない」

「では急ぎ伝えるよ」

アシュレイはうなずき、

「バクセンデイル侯には？」

「わたしからお知らせしよう。心の臓がとまらないよう、細心の注意を払いながら」

「……心からそう願うよ」

アシュレイはぎこちなく笑み、タウンゼントとともに踵をかえす。

アレクシアは残されたガイウスに声をかけた。

「おまえも寝ずの旅で疲れているだろう。今日はもう休むといい」

「それはできかねます」

「なぜ」

「おわかりにならないのでしたら、なおさら休んでなどいられません」

つまりとても放ってはおけないという顔をしているのだろう。

いたたまれなさのあまり、アレクシアは目を伏せた。

「このところのわたしは、めげてばかりだな」

「こんな状況では、当然のことです」

「やはりおまえはわたしに甘いな」

「こんな状況では——」

「もういい。わたしの負けだ」

アレクシアは観念して片手をさしのべた。

ガイウスは握りしめたその手もろとも、おのれの胸に押しつけるように、アレクシアをだきすくめる。

「あまりご案じめされるな。婚姻が正式なものであろうとなかろうと、セラフィーナさまの身柄さえこちらが押さえていれば、敵も動きようがありません。グレンスターの私兵は手練れです。ラグレス城に護送してしまえば、もはや誰も手はだせません」

「そうだな……」

アレクシアは力を抜き、ガイウスの肩に額をもたせかけた。

その耳にくちづけるように、ガイウスがささやきかける。

「なにをお考えです？」

「従姉さまの御子のことを」

アレクシアは訥々と語りだした。

「もしもいまわたしの身になにかあれば、デュランダル王家の血統を傍系までさかのぼるよりも、王位継承者としての支持を集めることになるだろう。たとえ両親が反逆者であるとしても、複数の候補がおのれの継承を主張して内乱を招くよりは——」

「まさかその子を、正統な継承者としてお認めになるつもりですか？」

血相を変えたガイウスは、アレクシアの両腕をつかんで訴えた。

「なりません。絶対に。とたんにお命を狙われますよ！」

「わかっている。ただ考えをめぐらせてみただけだ」

アレクシアは急いでなだめるも、ガイウスは耐えがたいように、華奢な肢体を強くかきいだいた。

「おやめください。まだこの世に生を享けてもいない赤子のことです」

しかしその日は刻々と、脅威を増しながら近づいてきている。

常なら待ち遠しいはずの春のおとずれに怖気づき、アレクシアは赤子のようにガイウスにしがみつかずにいられなかった。

第7章

1

ディアナたち一行は、北廻(まわ)りの海路で小夜啼城をめざしていた。

つまりラングランドの海岸沿いに、北海をぐるりと西に渡り、そのまま南下して国境を越えようというのだ。

《メルヴィル商会》の快速艇なら、小夜啼城まで五日ばかりの旅程だという。船はすでにガーランドの海域に至り、明日はいよいよ陸路で城に向かう予定である。

船上での夕陽もこれで見納めと、ディアナは甲板にやってきた。

かたわらでは、リーランドがしっかり目を離さずにいる。

「もうひとりでも平気なのに」

「昨日はまだふらついていただろう」

「横になってばかりいたから、足がなまっただけよ」

「頭痛は？」

「とっくに消えたわ」

焔の迫る桟敷席から助けだされたディアナは、煙の毒と、おそらくは気がゆるんだせいもあるのだろう、リーランドにだきとめられてからしばらくの記憶がなかった。

気がつけばすでに《メルヴィル商会》の船室に移されており、それから数日はぐったりしたまま備えつけの寝台ですごすはめになった。

船医にも診てもらい、至れり尽くせりの扱いはありがたかったが、一座の面々と別れの挨拶ができなかったのはいささか心残りである。

焼け跡の後始末に手を貸したリーランドによれば、座長はいたく惜しみながらも、どのみちしばらく興行はできないのだからと、快く送りだしてくれたらしい。

一座を再建するという理由が偽りでなければ、より希望にあふれた心持ちでいられたのだろうが、それでもディアナの気分は晴れやかだった。

いつのまにか胸に煙がたちこめ、ひたすらもがいていたところに、ようやく光が射（さ）したかのようである。あれだけの煙で命を落としかけたというのに、おかしなものだ。

王子役のために括（くく）っていた髪も、いまは潮風を孕んで軽やかに踊っている。

その心地好さを、ディアナは存分に味わった。

「ラングランドに比べると、やっぱりガーランドは暖かいわね」

「海流の影響もあって、オルディス地方はことに穏やかな気候らしいから……なんてことはとっくに知っているか。そもそもおまえはこっちで生まれたんだから」

「生まれたときのことなんか、憶えてないわよ」

「けど七つかそこらまでは、修道院で育ったんだろう？」

「聖ギネイラね。たしかに凍えるような寒さに苦しんだことはなかったかも」

それはつつましくも、平穏な暮らしのおかげだったのかもしれないが。

もはやおぼろな記憶を追うように、黄金の水面をながめていると、いかにも気遣わしげなリーランドの視線を感じた。

「なによ」

「なにって……わかるだろう？」

リーランドはもどかしげにささやいた。

「小夜啼城で、本当におまえの異母姉と対面する気か？　姫さまだって無理強いはしないと念を押してきているんだから、いまからでも断れるんだぞ？」

「いいのよ。あたしがそうしたかったんだから」

「姫さまの役にたちたいからか？」

「そうじゃなくて、あたしのためにそうしたいと感じたの。もちろんアレクシアの助けにもなりたいけど、セラフィーナさまがどんなお気持ちでいるのか、知ることができるのならそうしたい。それがいまのあたしには必要なことなんじゃないかって」

ディアナはひとことずつ、かみしめるように伝える。

リーランドは少々めんくらったように、

「いやに冷静なんだな」

「そうかしら?」

「なんだか憑きものが落ちたみたいだ」

ディアナはほのかに苦笑する。

「ちょっと心境の変化がね」

「危うく死にかけたせいか?」

「それで懲りたっていうわけでもないのよ。ただおかげでようやく、自分の心が見渡せたような気がするの」

「さかしまの鏡が割れたようなものか」

「そんなとこ」

ディアナは舷縁にもたれ、きらめくさざなみをみつめた。

たしかにこのところの自分は、心の洞を埋めあわせずにはいられないような衝動にかられていた。ディアナをよく知るリーランドの瞳に、そのさまはさぞ心許なく、危うげに映ったことだろう。

肩を並べたリーランドが、深々と息をついた。

「まあ、おまえの無茶にははらはらさせられたが、それも無駄ではなかったわけだな」

「海軍卿の息子さんも助けられたしね」

「ああ……」

どこか含みのある反応に、ディアナはとまどう。

「違うの？　怪我もなくて、海軍卿に感謝されたって」

意識をなくしたディアナは、後日そう伝えられただけなのだ。

「それなんだがな」

リーランドがおもむろに声をひそめる。

「あとで座長に詳しく訊いてみたら、海軍卿にあの齢ごろの息子はいないそうだ」

「そうなの？　本人が息子だって名乗ったんだけど」

「それがどうも、第二王子がお忍びで同行していたらしくてな」

ディアナはやや遅れて、リーランドの示唆を理解した。

「え？　まさかあの子がエドウィン王子だったの？」

「ノアに似た鳶色の髪をしていたか？」

「してたわ」

「ならまちがいない」

「そういえば……」

記憶からすっかり飛んでいたが、海軍卿の家臣らしき男は、あの少年を捜しながら殿下と呼びかけていた。少年の口の利きかたも、一貴族の息子というよりは、王の息子のほうがしっくりくる。するとあの男は、王子の護衛官かなにかだったのか。

そしてふとディアナは気がついた。

「それならあたしは、王家の兄弟をふたりとも助けたことになるの？」

「敵同士の王子たちをな。まさに気まぐれな女神さまのなさりそうなことさ」

そうからかわれて、ディアナはたじろぐ。

「それは偶然のことで……」

「だとしてもそのめぐりあわせのおかげで、兄弟それぞれの陣営がおたがいを殺しあわずにすんだわけだろう？」

ディアナははっとする。

あの少年——エドウィン王子は、自分の意見に耳をかたむける者など誰もいないと吐露していた。それが一国の王子の真情なら、なおさら無念のほどが胸に刺さる。

支持者にまつりあげられたエドウィンは、内心では兄のヴァシリスと王位を争うことを望んでいないのではないのだろうか。

「あたしのしたことに意味はあるのかしら」

「それは神のみぞ知る——かもな」

「あたしは女神なんじゃなかったの？」

「ならおまえならどうしたい？」

「あたしなら……意味のあることにしたい。おたがいにさかしまの鏡にとらわれて、兄弟が殺しあうようなことにならずにいてほしいから」

「なら意味はあったさ。未来を選べるのも、生きていればこそだからな。古の神々なんてものは、それをおもしろ半分にながめてるだけさ」

だからもはや手の及ばないことにまで、ディアナが心を悩ませるものではないし、それは傲慢でもあると暗に伝える。それがリーランドの優しさでもあることは、ディアナにもよくわかった。

「女神なんてろくなものじゃないわね」

「そうだな。おれにはひとりいれば充分だ」

しみじみとした声音に、ディアナはどきりとする。

いつものように、小生意気に混ぜかえすこともできるはずだった。

しかしいまこそディアナは、そんなはぐらかしを自分に許したくなかった。

きらめく海に向かって、つんと顎を持ちあげる。

「女神は気まぐれよ」

「そうだな」

「それに我がままで、いつも自分のしたいようにせずにはいられないの」

「そうだな。おまけにすぐ調子に乗るし、負けん気が強いし、それでいて急にめそめそと弱気になりもするんだ」

ディアナはたまらずリーランドをふりむいた。

「さすがに言いすぎじゃない？」

「誰がおまえのことだって？」

「ちょっと！」

咬みつくディアナに、リーランドはからりと笑いかえす。そしてつとディアナの頰に手をのばした。夕陽に舞う黄金の髪を、さわりとかきあげられて、ディアナは我知らず息をとめる。その目許を愛おしげになでながら、リーランドはささやいた。

「だけど人並みはずれて情が深くて、そんな自分にふりまわされながらも、決して挫けはしないんだ。その貪欲さがおまえの演技を輝かせてもいる。おかげでおれはおまえから目が離せないのさ」

「……厄介な女だとは思わないの？」

「だからおれみたいな男じゃないと扱えない」

ディアナは眉をひそめた。

「それって自信満々すぎるわ」

「そうでなければ、こんなに長く待てないさ」

ディアナはおずおずとその頰に指先をふれさせる。

夕陽を映して琥珀に染まる双眸を、これほどまでに情熱的に、そして失いがたく感じたことはなかった。

「……もう待てないの？」

「そろそろ限界だ」

吐息のような告白を受けとめ、ディアナは目を閉ざす。

やがて夕陽がさえぎられ、かさなる影に身をゆだねた。

「朗報と悪報がございます」
バクセンデイル侯はそうきりだした。
日に日に板につき、もはや挨拶代わりともいえる決め台詞だが、今朝はいつにない即興が加えられていた。

「とはいえどちらかをお選びいただくことはできかねるのですが」

「つまり良くも悪くもある報せということですか？」

アレクシアが問いかえすと、

「ご賢察おそれいります」

侯は執務机に一枚の羊皮紙を広げてみせた。いくらか古いもののようで、すでに巻き癖がついている。過去の公文書だろうか。

「これは？」

「いまは亡き王弟ご夫妻の婚姻誓約書です」

「ケンリック公の？」

「つまりは王族の婚姻誓約書ということですな。その書式をご確認いただきたく、公文書の保管庫を漁ってまいりました」

「それはお手数をおかけして……」

しかしなぜいまになってわざわざ？

アシュレイとガイウス、それにちょうど香茶を供していたタニアも、興味と懸念の交錯するまなざしで羊皮紙を覗きこむ。

「美しい飾り文字ですわね」

タニアが感嘆の声をあげた。修道士の祈りが刻まれた写本のように、彩色までほどこされた飾り文字は、たしかに流麗で見惚れんばかりだ。

とはいえそれはあくまで装飾にすぎず、神の代理である聖職者の名においてこの婚姻を認めるという一文に加え、結ばれるふたりの直筆による署名がそろってさえいれば、効力に違いはないはずである。

それを確認するべく、指先を添えながら文字を追ったアレクシアは、とあることに気がついた。

「……代理である聖職者と、ガーランドの君主の名においてこの婚姻を……？　それに先の国王陛下の署名もありますね」

つまりはアレクシアの祖父レッドウォルドである。その力強い手跡は、たしかにあちこちの文書に残る祖父のものだった。

「さようです」

バクセンデイル侯は決然と核心を告げた。

「つまり王族の結婚には、それを君主から公然と認められるだけでなく、直筆の署名こそが必要になるというわけです。あらためて王侯貴族の婚姻にまつわる法典をあたりましたので、まちがいはございません。当然ながらウィラード殿下とセラフィーナさまの婚姻が成立するのも、ガーランド君主の署名がなされていてこそになります」

アレクシアは目をまたたかせた。

「つまり兄上たちは、死期の迫る陛下に署名を求められたと？」

「実際に試みられたかどうかはわかりかねます。晩年の陛下はたしかに意識が混濁されることもありましたが、最期まで冷静な判断力をなくされてはいませんでした。死を予感しておいでならなおさら、婚姻をお許しになられたとは思えません」

あの時期はディアナが身代わりをつとめていたので、情報の断片から想像するしかないが、幼いエリアスの即位を控えていながら、あえてセラフィーナとの結びつきを強めようとするウィラードの動きは、いかにも王位を狙うための布石めいている。

エルドレッド王もそんな思惑を危惧してかどうか、エリアスの摂政にはバクセンデイル侯を任じていた。

羊皮紙から顔をあげたアシュレイが、執務机に手をついて身を乗りだす。

「ではおふたりの婚姻は、そもそも無効なのですね？」

「それがそうともいえなくてな」

「なぜです。エルドレッド王の署名はないと考えられるのでしたら――」

「まさにそれこそが問題なのだ。署名のなされていない誓約書が、いまも存在しているということがな」

侯は骨ばった指で、悩ましげに額を押さえた。

ガイウスがじわりと紺青の瞳をみはる。

「まさかその署名は、いつなされても有効なのですか？」

「そのようだ。すでに記録を検め、適用例があることも確認している」

「では女王陛下にそれを強いるつもりで？」

「おそらくはな」

アレクシアはふたりを交互にうかがい、

「いったいどういうことです？」

バクセンデイル侯に視線を定めた。

「おそれながら、たとえ署名のない秘密結婚でも、次代の君主の名においてそれを認めることはできるのです」

「次代の」

「そもそも王族の秘密結婚が反逆とみなされるのは、その結果に王位継承順位がからんでくるためでもあるのですが」

「それはわかります」

「ゆえに晴れて新王の御世(みよ)になれば、かつては禁じられた婚姻がもはや脅威にはならないことも、ままありえたわけです」

「ゆえに寛大にも新王の名において、許しを与えると」

「おかげですでに産まれていた子女も、庶子にはならずにすむようです。もちろんすでに認められた婚姻を、次代の君主が取り消すことはできませんが」

　そうした融通を利かせる必要があるほど、王族には自由な婚姻が許されてこなかったということだろう。

「近年はガーランドの王権も安定し、そうした事例も長らくありませんでしたので、もしやと思い至るのが遅くなりました。わたしといたしましたことが、まことに弁解のしようもありません」

「そんなこと。さすがは――」

「無駄に長生きしてはいないと？」

「いえその、わたしはただ、年の功であらせられると」

　しかしそれもおおむね同じ意味になるのか。

　アレクシアはあたふたとくちごもるも、

「それでこそ老体に鞭打つ甲斐もあるというものですな」

　さらりとかえされて、侯にからかわれたことに気がついた。いまやそんな軽口が利けるほどの仲になれたのは、喜ばしくもあるのだが。

　アレクシアはこほんと咳払いをして、

「ともかくわたしが署名をすれば、その婚姻は有効になるわけですね」

「さようです」

「とはいえ現状でそのようなことは――」

「ありえます」

鋭く割りこんだのはガイウスだった。

「その気になれば、あちらは強要も辞さないはずです」

「わたしに無理強いをするというのか？　しかしどのように？」

「あらゆる事態が想定されます。たとえば御身をかどわかし、直截に刃を突きつけて署名を迫る。あるいはむしろ身近な者の命を脅かすことで、譲歩をうながすとも」

「身近な者の……」

アレクシアの視界に、すでにかけがえのない支えである四人の姿が映りこむ。狙われるとしたら、まずは彼らからであろうか。

「わたしはどうしたら……」

タウンゼントの報告で、あのエリクという少年がウィラードの所領から姿を消したことは、すでに把握している。村でかくまわれているようでもなく、聖教会本部の要請で司祭とともにランドールに向かうとだけ知らせて、立ち去ったようだ。

道中なにごともなければ、少年はとうに王都にたどりついているはずである。

となればセラフィーナが懐妊していることもすでに先方に伝わり、その身柄を奪取するべく動きだすとともに、いかにしてアレクシアに署名をさせるか、策を練りだしてもいるかもしれない。

動揺するアレクシアを、アシュレイがおちつかせる。

「そう怯えることはないよ。王宮の——それも内廷では、部外者はまず手をだせないはずだ。さりげなく警護を強めて、不審な動きに目を光らせよう」

「だがそなたたちは？」

「タニアはできるだけアレクシアのそばを離れないようにするのが、おたがいの安全のためにもなるだろう」

「わかりました」

タニアが女騎士のごとき面持ちでうなずく。

残る三人も迂闊なふるまいでアレクシアを窮地に追いこまないよう、それぞれに注意を怠らないということで方針は一致した。

「どうか用心を」

アレクシアは祈るように告げる。

失くしてもかまわないものなどなにもない。

自分の命ですら、いまや安易に投げだすわけにはいかないのだ。

小夜啼城は古よりキャリントン一族が預かっている。

ディアナを出迎えたカティア媼は、感激のあまりに涙ぐんだ。

「こうしてディアナさまにもお会いできて、カティアはもう、いつ天に召されてもかまいませんわ」

「そ、そんなのは困ります」

ディアナはあわてふためいた。それではあたかも、自分がカティア媼の寿命にとどめを刺したようではないか。ちんまりと小柄な媼は、いかにも矍鑠（かくしゃく）としているが、齢が齢なので洒落にならない。

「ほほ。なんておかわいらしい姫さまでしょう」

「姫だなんて。わたしはただの……」

「それでもわたくしにとっては、この手でしかと取りあげた、かけがえのない姫君です。こうして生き延びていらして、どれだけ心慰められたことか。わたくしどもが細心の注意を払っていれば、取り替えを防ぐことができたかもしれませんのに」

たしかにそうであれば、取り替えを端緒とするさまざまな禍（わざわい）を呼びこまずにすんだか

ることもないだろう。ディアナが巻きこまれ、巻きこんだ惨禍の苦しみが、このさき完全に消え去るこ
もしれない。

「でもこれがわたしの人生ですから」

その言葉はごく自然にディアナの口から滑りだした。

いともたくましく、しなやかに成長を遂げたかつてのみどり児を、カティア媼は目映げにみつめる。そしてその肩越しに控えるリーランドたちにも、視線を流した。

「さようですね。どうやら頼もしいご同朋も得られたようで」

「はい。いつも助けられています」

そのリーランドたちが、用意された部屋に向かうのを見送り、ディアナはカティア媼の案内でセラフィーナの私室をめざした。ここからはディアナの仕事だ。

「セラフィーナさまのお加減は？」

「悪阻もすでに治まり、おちついておいでです」

「それならラグレスまでの護送にも、耐えられそうですか？」

「長く馬車に揺られるのはお辛いかもしれませんが、少憩を取りながらでしたらなんとかご辛抱いただけるかと。助産の心得のある城の者を、港まで付き添わせましょう」

「それはありがたいです」

セラフィーナを船に乗せるまでは、ディアナもしかと見届けるつもりでいたが、道中で

体調が急変しても対応のしようがない。

「こちらで長らくお預かりしていた姫君ですから、できるだけのことはしてさしあげたいのです」

いとも沈痛な面持ちに、ディアナはたまらなくなる。

かつてセラフィーナは、十年に迫るほどの年月を、この小夜啼城ですごした。

それがようやく解放され、幸せを祈りながら送りだしたはずが、二年も経たぬまにまたも幽閉の身となり、出産を終えればあとは死が待つばかりなのである。

こんなことになるならば、自由など与えられぬほうがましだったのではないか。

セラフィーナがただの犠牲者ではないことを、身を以て知るディアナにも、媼の嘆きは苦しいほどに理解できた。

「ウィラード殿下が命を絶たれたことは、ご存じなんですか?」

「お伝えしましたわ。近くラグレス城にお移りいただくことにつきましても」

護送を担うグレンスターの私兵団はすでに到着し、外庭で鍛練に励んだり、馬たちの世話をしている姿がうかがえた。このまま天候が崩れなければ、明日の早朝に発つことになりそうだ。

「彼女の反応は?」

「冷静に受けとめられ、特にお変わりなくおすごしです」

「そうですか……」

ウィラードの死は、すでに覚悟ができていたためか。あるいはたとえどんな死にざまであろうと、もはや心動かされる存在ですらないためか。

かつてセラフィーナがいかに巧妙に本心を隠し、ディアナを陥れてのけたのか。ぞっとするような記憶がよみがえり、にわかに息が苦しくなる。

カティア嬢に続いて階段をのぼると、廊の先にひとりの青年が待っていた。

ディアナと同年輩だろうか。そばかすを散らした目許が人懐こそうだが、こちらと同じく緊張した面持ちでかしこまっている。

どうやら彼が立ちはだかる扉の先に、セラフィーナがいるらしい。

「彼はアール。この城で生まれ育った者で、腕もたちます。お話はセラフィーナさまとおふたりきりがよろしいでしょうから、彼は扉の外に立たせておきましょう。もしものときは、すぐにお呼びください」

「わかりました」

ディアナはふたりに感謝のうなずきをかえす。

カティアに鍵を手渡されたアールは、いかにも頑丈な錠を解き、かたわらに退いた。

冷たい鋼がこすれる音に、みずからが囚われた王宮の独房をかさねながら、ディアナは部屋に踏みこむ。

しかしそこは昼さがりのやわらかな陽光に満たされていた。暖炉には火が熾(おこ)され、壁の綴織(タペストリー)には鹿が憩い、卓には待雪草が活(い)けられている。部屋の主が快適にすごせるようにという心遣いが、随所にうかがえる設(しつら)えだった。

そのセラフィーナは綿を縫いこんだ萌葱(もえぎ)色のローブをまとい、長窓の腰かけにもたれて硝子板の向こうに視線を注いでいる。あたかも悲恋の騎士物語を描いた、一幅の絵画のようなたたずまいだった。

不覚にも目を奪われ、すぐには声をかけられずにいると、

「まさかあなたが遣わされてくるなんて」

ゆるりとセラフィーナがこちらをふりむいた。

煙(けぶ)るまなざしが吸いこまれるほどに美しく、研がれた刃のごとく恐ろしい。

「それともあなたが望んで、敗残者の姿をながめにきたのかしら」

「……あなたは敗残者ではありません」

「いずれ絞首台に消えるというのに？」

「そんなおつもりはないはずですから」

「おかしなことを。無力なわたくしは、いまや走って逃げ去ることもままならないというのに」

ゆったりとしたローブに見え隠れする、締めつけのゆるい胴衣越しには、たしかにお腹(なか)

のふくらみが感じられる。

怖気をかなぐり捨て、ディアナは告げた。

「あなたにはその子が残されています。それがあなたの力で希望だわ」

「大切な我が子ですもの。最期の日々を生き遂げるための、心の支えにしてもいけないのかしら？」

「その子の行く末が気になりますか」

セラフィーナは無言のままに双眸をすがめた。

たおやかに小首をかしげ、

「女王陛下は、わたくしからなにを訊きだそうとお考えなのかしら」

どこか楽しげに独りごちるセラフィーナが、すでに核心にたどりついていることは疑いようがなかった。

ウィラードの自死に続き、急な移送の通達。その理由を考えれば、おのずと状況の変化にも察しがつくだろう。

「ウィラードさまを責め殺したように、わたくしからそれの在り処を吐かせようとするおつもり？」

「アレクシアはそんなことはしていませんし、するつもりもありません」

セラフィーナもおそらくはそうとわかったうえで、こちらを弄んでいるのだ。

ならばこちらもやりかえすまでだ。

「セラフィーナ姉さま」

あえてそう呼びかける。とたんにセラフィーナのまなざしが冷えた。

「……あなたを妹とは認めない」

「それでもあたしはあなたの異母妹です」

「血のつながりがあればわかりあえるとでも？」

「まさか。ただ残念なだけです」

「残念？」

「血のつながりなんてなければ、あたしもアレクシアもあなたに憎まれることはなかったのに。あなたは誰より血に囚われているんだわ」

「まさに簒奪者の科白ね」

「エリアス王太子を殺したのはあなたよ」

それこそ言い逃れようのない簒奪だ。

「……わたくしはなにもしていないわ」

セラフィーナはあくまでそれをみずからの罪とは認めないのだ。

「知っています。あなたは決して手を汚さない。そしてついにはあなたの子どもまで犠牲にしようとしているんだわ」

セラフィーナはいかにも心外そうに、

「犠牲にだなんて、なぜわたくしがそんなことを？」

「なぜってこのままあなたが傍観を続けるつもりなら、その子は息の根をとめられることになるからよ」

平然と言い放つと、セラフィーナはかすかに息を呑んだ。

「なんですって？」

「あなたたちの結婚を証明する文書なんて、わざわざ血眼になって捜さなくても、肝心のその子が死んでしまえばなんの意味もないんだから」

「……アレクシアはそんなことはさせないわ」

「でしょうね。でもあたしはするわよ」

わずかに身を退いたセラフィーナを、より追いつめるように、ディアナは足を踏みだした。

「なんせあたしは、あなたに殺されかけたんだもの。同じことをやりかえしちゃいけない理由がある？」

「そんな勝手なことが……」

「どうせばれやしないわよ」

ディアナは不遜に口の端をあげる。

「だって子どもって簡単に死ぬんだもの。生まれたてならなおさらね。お姫さまのあなたは知らないかもしれないけど、あたしは知ってるの。これまでそういう世界で生きてきたから。だからその気になればあたしにはできる」

おののくセラフィーナの視線をからめとり、握りつぶすようにディアナは宣告する。

「覚悟しておいて。あたしにはグレンスターの血が流れてるの。あたしの母がどんな人間か、あなたはよく知っているんでしょう、セラフィーナ姉さま?」

またたきひとつしないセラフィーナに背を向け、ディアナは部屋をあとにした。

待機していたアールが、すかさず扉に錠をかける。それをしかと見届けてから、石壁にすがるように息をついた。

「うう……怖かった」

「あの、ご気分が悪いんですか?」

おずおずとアールが声をかけてくる。

「なんでもないの。ちょっと緊張しただけ」

ディアナは急いでごまかした。

あの脅し。あの蔑み。すべてわざとらしくなく、上手く演れていただろうか?

なんとかなだめすかそうとするよりも、演技力に恃んで脅しをかけたほうが効くのではないか——そう考えたディアナは、賭けにでることにしたのだった。

ディアナの個人的な復讐心を、セラフィーナの裡なる鏡が乱反射させて、みずから恐れをなしてくれれば。ラグレス城に身柄が移されてからも、いざ産み月が迫るまでには心境が変化しているかもしれない。

それにしても気力を削られる対面だった。

あの科白のなにもかもが、心にもない言葉ではないからこそ、放った矢は容赦なくおのれに跳ねかえってくる。

あたしにはグレンスターの血が流れてる。だからその気になればあたしにはできる。演技に乗せた挑発と脅迫が、いずれみずからを染める呪いの毒となりそうで、ディアナはなんとか呼吸をおちつかせる。

ディアナが寝泊まりする部屋には、アールが案内を任されているという。

階段に向かいながら、彼は遠慮がちにたずねた。

「セラフィーナさまはいつお発ちになるんでしょうか？」

「カティア嬢と相談してからだけど、お加減は安定しているようだから、早ければ明日の朝にもお連れすることになるんじゃないかしら」

「そうしたらもう二度と、小夜啼城には戻られないんですか？」

「そのはずよ。先のことはわからないけど」

「そうですか……」

力なくつぶやいたきり、アールは足許に目を落とす。

その横顔に、ディアナはさりげなく問いかけた。

「セラフィーナさまとは親しくしていたの？」

「親しくなんて！　そんな、滅相もないです。おれはただ……」

顔をあげたアールが、あたふたと弁解を試みようとして、くちごもる。

「憧れていただけ？」

「それです」

こくこくとうなずくアールは、すっかり赤面している。

そのいかにも純朴なさまが、ディアナには新鮮で、また痛々しい。

かつて宮廷から追放された哀しげな姫君は、十かそこらの少年にさぞや忘れがたい印象を与えたにちがいない。

「セラフィーナさまには、なれなれしく接しちゃならない決まりでしたけど、あのかたがおれたちを邪険になさるようなことはありませんでした。ときにはちびたちに本を読んでやったり、王都の話を聴かせてくれたりもして」

「そう」

「だからこんな結果になってしまって、おれは……」

アールが声をつまらせる。

ディアナは苦いため息をかさねた。

「あたしも残念でならないわ。本当にね」


「おれはあのお姫さまは嫌いだなあ。美人だけどなんか感じ悪いし、あれならおれたちの姫さまのほうがよっぽどかわいげがあって——」

つらつらと文句を垂れるノアは、クライヴの馬に同乗している。

隣に馬を並べたリーランドが、その頭をがしりとつかんだ。

「そういう口を利いていると、道端に捨てていくぞ」

「なんだよ。ディアナを処刑台送りにされたのに、黙ってろっていうのか？」

「そうじゃなくて、姫さまに失礼なんだよ。いまや女王陛下なんだぞ」

「姫さまはぼんやりしてるから、いちいち怒ったりしないさ」

「だからそれをやめろって」

「ふたりともおとなしくしてよ。みんなに聴こえるわよ」

リーランドの馬に横乗りしたディアナは、不毛なやりとりに呆れてささやいた。

一行は護送馬車を中心に、前後左右をグレンスターの騎馬隊がかためている。道案内役の小夜啼城の者らと、見届け役のディアナたちがそれに加わるかたちだ。すでに宿場町のウォルデンを経由し、あとは街道をひたすら西に向かうのみである。

　すると馬車の小窓が開き、キャリントン家の当主夫人が顔をのぞかせた。

　セラフィーナが腰の痛みを訴えているため、そろそろどこかで少憩を取れないかと相談しているようだ。いまのところ先を急ぐ必要もなさそうなので、街道沿いの木蔭でしばらく馬を休ませることになった。

　やがて木蔭にたどりつくと、ディアナたちも馬からおりて、やれやれと腰をのばした。馬には乗りつけないため、すでに身体のあちこちがこわばっている。

　騎兵たちが革袋から馬に水を飲ませていると、先導役を務めていたアールがそれぞれになにかを手渡しながら、こちらにも近づいてきた。

「馬にこれをどうぞ」

　さしだされたのは塩のかけらだった。ありがたく頂戴して馬に与えてやると、もごもごと口を動かして一心に味わうさまがかわいらしい。

　ふとアールの姿を追えば、客車から姿をみせたセラフィーナを、さも大切そうな手つきで支えている。

　ふたりの表情はうかがえないが、セラフィーナとの今生の別れを控えたアールがどんな心持ちでいるものか、ディアナはいたたまれずに視線をはずす。

　そのとき騎兵が世話をしていた馬が、おもむろに嘶きをあげた。すかさず呼応するかのように、そこここで激しい嘶きが飛び交いだす。

「なに？　どうしたの？」

「野犬の群れでもいるのか？」

リーランドも困惑しているうちに、ふたりを乗せてきた馬もまた棹立ちになって、暴れだした。慌てたクライヴが、ディアナたちをさがらせる。

「離れてください。これは手がつけられません」

見ればグレンスターの私兵たちも、つかんだ手綱にふりまわされ、放馬せずにいるのに精一杯というありさまである。

と――そのひとりが鋭い声を放った。

「おい！　なにしてる！」

続いて城主夫人が悲鳴をあげる。

「セラフィーナさま！　お待ちください！」

その名に息を吞んでふりむくと、一頭の馬が街道を駈けてゆくところだった。みるまに遠ざかるその背にしがみついているのは、外套をはためかせたセラフィーナと――。

「アール⁉」

ディアナは蒼ざめた。まさかアールはセラフィーナを想うあまりに、彼女を攫うつもりなのか。それとも彼女の逃亡の計画に、覚悟を決めて手を貸したのか。

いずれにしろすぐにも追わなければ。

「早く捕まえろ！」

「だめだ。どの馬も使いものにならない！」

馬たちの興奮は治まらず、一行の焦りは増すばかりだ。

なすすべもなく立ちすくんでいると、クライヴがつぶやいた。

「あの塩か」

「塩？」

「あれを舐めさせてから、馬たちの様子がおかしくなりました」

ディアナははっとする。あの塩を配り歩いていたのはアールだ。それこそすべての馬を足どめするための策にほかならなかったのか。

「塩じゃなかったの？」

「塩になにか混ぜてあったのかもしれません。小夜啼城の者なら、あらかじめ仕込むこともできたはずです」

たしかに小夜啼城では、さまざまな薬草が栽培・加工されている。質の高いことで知られる薬草は、使いようによっては毒にもなるだろう。

「どうして見抜けなかったんだろう……」

アールがセラフィーナに思慕を寄せていたことは、昨日の会話でも充分に察せられたというのに。アールの鏡に映るセラフィーナは、あくまで政争に巻きこまれた、憐れな犠牲者であったのだろうか。

ディアナが灼けつくような後悔にさいなまれていると、

「どうするんだ。もう砂煙も消えたぞ」

空からノアの声が降ってきた。いつのまにか木の枝にのぼったノアが、街道の先に目を凝らしている。そうだ。いまはなにより、セラフィーナの逃亡を阻止することを考えなければ。

リーランドがノアに声を投げる。

「街道に馬を連れた者の姿はないか？」

左右を見渡したノアは、来た道を指さした。

「荷馬車がこっちに向かってる。足は遅そうだけど」

「ひとまずその馬を借り受けるしかないか」

「そのようですね」

同意したクライヴが、すぐさまグレンスターの者たちに知らせに向かう。

「レイナムの町にたどりつくまでに、追いつければいいが……」

リーランドのつぶやきが、ディアナの胸を鋭くえぐる。

街道の終着地レイナムは、西岸では有数の交易港である。町に身を隠されたら、あるいはいち早く船に乗りこまれたら、もはや足跡を追うのは至難の業だ。

「きっと大丈夫さ。グレンスターの執念深さを信用しよう」

軽口めかし、リーランドはディアナの髪をくしゃりとなでる。

気安くもやわらかなその手つきに、たちまち涙がこぼれ落ちそうになるのを、ディアナはくちびるをかみしめてこらえた。

「ガイウス。待雪草が咲いている」

数日ぶりに早朝の内庭をそぞろ歩いていたアレクシアは、おもわず声をあげて白樺(しらかば)の林にかけこんだ。

「ここにも。あちらにも」

つつましやかな純白の花が、木々の足許で頭を垂れている。

内気な妖精たちが、冬の眠りの名残りにまどろんでいるかのような姿に、アレクシアはしばし見惚れる。

「春が近づいているのだな」

苦いしこりをともなう実感には、それでもやはり命の芽吹きに浮きたつ気分が含まれている。

追いついたガイウスも、目許をゆるめてささやきかける。

「いくらか摘んで、ご寝室にでも飾りましょうか？」

「うん……いや、それはやめておこう」

「なぜです？」

「冬を乗り越えて咲いたばかりなのに、摘んだらすぐに枯らしてしまうだろう」

「なるほど」

それをアレクシアの直面する状況とかさねたのか、ガイウスは神妙にうなずく。そしてあらためて提案した。

「では球根ごと、鉢に植え替えるというのは？　花の季節がすぎたら、群生に戻すこともできます」

さりげない気遣いに、アレクシアははにかんだ。

「そうだな。それならばぜひ」

「では庭師に伝えておきましょう」

アレクシアはうなずき、あらためて木立をながめやった。

「花の盛りを迎えたら、誰にも告げず、月夜にここをおとずれたいな」

「夜のお忍びですか？」

「おまえとふたりで、この世ならぬ神秘の光景を独り占めにするんだ」

「それは大変に胸躍るお誘いではありますが……」

ガイウスが心苦しげに語尾をしぼませる。

「不用心にすぎる？」

「おそれながら」

たしかにいまは時期が時期である。こうした朝の散策でさえも、さりげなく警護を強化している状況だ。

「ならば来年を待てと？」

「それを楽しみにいたしましょう」

「一年先か。長いな……」

そのため息がいかにも無念に響いたのか、ガイウスがなだめるように笑う。

「きっとあっというまのことですよ」

「おまえは執念深い男だから、どうということはないのだろうが」

「春ならば、待てばかならずやってくるだけましですからね」

「もはや悟りの境地だな」

しかし——いざその春がおとずれたとき、どんな心境でこの地にたたずむことになるのか、そもそもそれができる状況なのかすらも、いまのアレクシアには夜霧に阻まれたように見通せない。

「姫さま。アシュレイが」

我にかえってふりむくと、林まで続く小道をアシュレイがかけつけてくる。表情に目を凝らすまでもなく、その余裕のなさは足取りからうかがえた。

「……どうやら急報のようですね」

「セラフィーナ従姉さまのことだろうか」

「そろそろ護送の報告が届いてもおかしくない時期ですが」

アレクシアのとまどいはたちまち胸騒ぎに塗り替えられるが、心の準備をすませるまもなく、アシュレイはふたりの許にたどりついた。

「アシュレイ」

たまらず呼びかけると、

「セラフィーナが……消えた」

膝に手をついたアシュレイは、喘ぐように告げた。

「消えた?」

とっさには状況が呑みこめない。

だが隣では目の色を変えたガイウスが、

「まさかこちらの動きに先んじて、支持者に身柄を奪われたのか?」

そう問いつめるのを耳にし、遅ればせながら衝撃に襲われる。

ではまにあわなかったのか。アレクシアは絶望しかけるが、続いて口にされたのは予想外の事実だった。

「それが奪われたのではなく、自力で逃げだしたそうです」

「……ということは護送のさなかに？」

アレクシアがおそるおそる訊くと、アシュレイは苦しげにうなずいた。

「小夜啼城の者が、逃亡に手を貸したらしい。その青年が街道で一行を足どめし、彼女を港まで連れ去ったそうだ」

ガイウスがまなじりを吊りあげる。

「つまりグレンスターの精鋭がついていながら、みすみす取り逃したわけか」

かえす言葉もないように、アシュレイはうなだれている。

ともかくもアレクシアは、詳細を把握しようと努めた。

「港まで連れ去ったというのは、なぜわかる？」

アシュレイは苦渋に目許をゆがめながら、

「目撃情報だ。いかにも高貴な風貌の女人が――しかも身重でありながら、供のひとりもなく急いで船に乗りこんでいたために、印象に残ったらしい」

「ではその青年は？」

「埠頭の物陰で、死体でみつかった」

「……え？」

「身につけていた短剣で、心の臓を突き殺されていたんだ。所持金はなく、それでいて城からはまとまった金が消えていたそうだ」

アレクシアは瞠目する。

「それは……つまり従姉さまが……」

もはや声にならないアレクシアの代わりに、ガイウスが先を続ける。

「ふたりでどこかに逃げようなどと、昔なじみの青年をそそのかし、逃亡のための資金を持ちださせ、用済みになったら口封じに殺したというところか。いかにもやりそうなことではあるな」

否定したいのに否定できない。アレクシアはみずからをだきしめて、おぞましい現実になんとか耐えた。

ガイウスがアシュレイにたずねる。

「ではどの船に乗りこんだかまでは、かろうじて把握できているんだな？」

「はい。北に向かう《メルヴィル商会》の快速艇です」

「北に？」

「ラングランドを海岸沿いに東廻りで、ロージアンまで向かう航路とのことで」

「すると彼女は国外に逃げようとしたのか」

「出航の早さを優先しただけとも考えられますので、そこまではなんとも……。いずれにしろどこぞの地に身をおちつけたら、ガーランド国内の支持者と連絡をとろうとするはずです。彼女がこのまま市井で自由に生きることだけを望んでいるとは、とても思えませんから」

「そうだろうな」

ガイウスは苦々しく、生々しい危惧をかみしめる。

「けれど幸いながら《メルヴィル商会》の支店には、こちらの指令を迅速に行き渡らせることができます。乗降者に目を光らせ、それらしい女人を発見しだい足留めをするよう通達をだせば……」

「だが手を打つには、すでに遅きに失しているのではないか？」

「それでも足跡を追う手がかりにはなるかと」

「どの港町で降りたかまではつかめるか」

「はい」

それさえ特定できれば、グレンスターの私兵を送りこめる。しらみつぶしに宿をあたれば、ほどなく所在を暴くこともできるかもしれない。

しかしこれまでの周到さをかえりみるに、セラフィーナが縁もゆかりもない土地に長居をするだろうか。

アレクシアは慎重にきりだす。

「セラフィーナ従姉さまには、ラングランドで身を寄せる先に、なにかしらの当てがあるとは考えられないだろうか？」

とたんにふたりの視線がこちらに向けられる。

「頼れる知己が、ラングランドにいるというのですか？」

ガイウスに問われ、アレクシアはあいまいにうなずいた。

「わたしがまだ幼い時分に、ケンリック公があちらの宮廷を表敬訪問なさっていたことがあったはずだ」

「では娘の彼女も同行していたと？」

「そこまではわからないが……」

なにしろ十年以上もまえのことだ。おぼろな記憶をつかみそこねて、アレクシアは眉根を寄せる。

アシュレイが思案げに独りごちた。

「たとえ面識はなくとも、身を明かすことさえできれば、相応の扱いを受けられるという確信があるのかもしれないな」

ガイウスも難しいまなざしで考えこむ。

「しかし先方もいまさら扱いに窮するのではないか。亡命した王族などかくまえば、どんな厄介ごとに巻きこまれるか知れたものではないだろう」

「それならむしろこちらの利になるかもしれません」

ガイウスはすぐに理解の及んだ面持ちで、

「そうか。内々にかけあい、決して表沙汰にはしないと請けあえば――」

「進んで身柄の引き渡しに応じる可能性はあります」

アシュレイはアレクシアに向きなおり、

「ともかくも正式な表敬訪問なら、宮廷に記録が残っているはずだ。そこから糸口がつかめるかもしれない」

「急ぎ検めてもらえるか？」

「すぐにもかかるよ」

「わたしも手を貸そう」

すかさずガイウスが申しでるも、

「ですが今回はグレンスターの失態でもありますし」

「償いにこだわって対処が遅れては、本末転倒だろう。つまらぬことを気にするな」

遠慮を一蹴され、アシュレイは目が醒めたようにかしこまる。

「そうですね。ご助力に感謝します」

「いまきみに倒れられでもしたら、姫さまのためにならないからな」

あえてそんなふうに釘を刺すあたり、かわいげがあるのだか、ないのだか。

ともあれひとまずの方針が定まり、三人は白樺の林に背を向けて歩きだした。

「ディアナたちはどうしている？」

「小夜啼城に待機しているそうだ。ディアナは自分の説得が逆効果だったのかもしれないと、気に病んでいるらしいけれど」

「そのせいともかぎらないだろう。従姉さまは移送の通告を受けてから、ひそかに逃亡の算段をたてていらしたのかもしれない」

「いまさらながら同感だよ」

最善のはずの選択がことごとく裏目にでているようで、アレクシアは畏れに似た焦りをおぼえずにいられない。あたかも視えざる神の手が、行く先々にかきたてる気まぐれな浪に、舵をもてあそばれているかのようだ。

「ディアナたちには、好きなだけくつろいでほしいと伝えてもらえるだろうか」

アシュレイが承知したとき、ガイウスがふたりに注意をうながした。

「当面はくつろげそうにない御仁がいらしたな」

小道の先を見遣れば、たしかにバクセンデイル侯の姿がある。

アシュレイと同じく一心にこちらをめざしてくるものの、ときおり長衣に足をとられて躓(つまず)きそうになるので冷や冷やする。

ガイウスがぽつりとつぶやいた。

「またも古老の寿命が縮まりそうですね」

「言うな」

アレクシアとしても心苦しくはあるのだ。

やがてなんとかたどりついたバクセンデイル侯は、

「女王陛下――どうか心してお聞きください」

息も絶え絶えに覚悟をうながした。

これは凶報だ。それもとびきりの。

「バクセンデイル侯」

アレクシアはふるえる声でその名をささやくことしかできない。

そんな若き女王を痛ましげにみつめると、侯は意を決したように伝えた。

「ローレンシア西岸の港に戦艦が集結し、ガーランド侵攻の準備を進めております。武装商船も含め、その規模は百を超えるとのこと。迎え撃たなければガーランドは彼の国の手に墜(お)ちます」

「――」

アレクシアは喉を締めつけられる心地になった。

まただ。またも視えざる手が嘲笑の浪をかきたてる。

「……和平交渉の余地は？」

一縷の望みをかけてたずねるも、侯は首を横にふる。

「目的はガーランドの領土です。いずれ蹴られる結果になろうかと」

ならばもはや開戦は避けられないのか。

吹き荒れる感情のすべてを捻じ伏せ、

「では上陸までの猶予は？」

アレクシアは問うた。

早ければあと二十日で、ローレンシア艦隊はガーランドの海域に至る。
それまでになんとしても、迎撃の準備をととのえなければならない。
急ぎ枢密院を召集し、顧問官の面々と方針を定めたアレクシアは、バクセンデイル侯の承諾のもとに王宮を抜けだした。
供はガイウスのみ。なるべくひとめにつかぬよう、ありふれた四輪馬車にデュランダル王家の紋章はなく、選りすぐりの護衛たちも遠巻きにさせている。

「お忍びが大好きな姫さまにしては、浮かないご様子ですね」

そんなアレクシアの気分をわずかなり解そうとしてか、

「行き先がアンドルーズ邸ではご不満ですか？」

ガイウスがかたわらから声をかけてくる。

アレクシアはできそこないの笑みを浮かべた。

「そういえばコルネリアさまにはお会いできるかな」

「そのはずですよ。急なお越しでなければ、喜んでおもてなしの準備をしたでしょう」

「いいんだ。コルネリアさまにはお会いできるだけで」

「さようで？」

いぶかしげなガイウスに、アレクシアは両腕を広げてみせた。

「おまえが毒に苦しんでいたとき、コルネリアさまは狼狽するわたしを、こう、ぎゅうとだきしめてくださった。まるでじつの娘のように」

「畏れ多いことを……」

「羨ましいのか？」

「はい」

その迷いのなさに、アレクシアは呆れながらも噴きださずにいられない。

笑いの余韻を残しながら、目を伏せて吐露する。

「わたしこそ、あのような母君がいらしておまえが羨ましい。あまり比べるものではないだろうが、わたしは母と……メリルローズ妃とも生みの母とも、そのような強い結びつきを持つことができなかったから」

「姫さま」

胸をつかれたように、ガイウスは口をつぐむ。

アレクシアはほのかに笑みかえした。

「だからわたしは、あのかたを堂々と母とお呼びできる日が来ればよいと、心から願っているんだ。厚かましい望みではあるが」

「厚かましいなどと。母も感激いたしましょう」

「もはやコルネリアさまは、わたしの人生の師だな」

「師？　あの母が？」

妙に嫌そうなのがおかしい。

「それにノアもかけがえのない師だ」

「ノアというと、あの《白鳥座》の少年ですか？」

「そうとも。世事に疎いわたしを、見放さずに教え導いてくれた。コルネリアさまが母なら、ノアは兄のようなものだな」

ガイウスは納得しかねる面持ちで、

「ではまさかあの軽薄な男のことも兄のように？」

「リーランドか？　そうだな……彼は兄というよりも父だろうか」

「……不気味な家族構成ですね」

どんな想像をしているのか、ガイウスが顔をしかめている。

そうこうするうちに、アンドルーズ邸にたどりついた。屋敷をたずねるのは、そば仕えの女官についてコルネリアに相談を持ちかけて以来である。

陽はすでに暮れかかっているが、休息はまだ遠い。

ふたりは挨拶もそこそこに、来訪の目的をすませにかかった。ガイウスの案内で、ライルズ司祭を拘禁しているという小部屋に向かいながら、

「司祭はどのようなご様子だ？」

アレクシアがささやくと、ガイウスは苦い息をついた。

「脱出を試みるそぶりはありませんが、あいかわらず黙秘を続けています」

「あのエリクという少年に、どういった指示を与えたかについても？」

「ええ。こちらが見破っていたことに多少の動揺はみせましたが、行方をつかんでまではいないと知り、安堵したようで」

「ではその子は伝令を終えても故郷には戻らせず、そのまま王都の支持者に保護してもらうつもりでいたのか」

「おそらくは。大貴族の自邸にでもかくまわれてしまえば、もはや捜しだすのは困難ですからね」

「そうだろうな」

「やはりタウンゼントが勧めたように、すでに少年を拘束していると匂わせて、揺さぶりをかけるべきだったのかもしれませんね」

力で屈服させせないのであれば、その少年の命を楯に取って自白を迫ればいい。実際には誰が傷つくこともないのだからとタウンゼントは主張し、アレクシアも心動かされはしたのだ。

「だがそれをしてしまえば、二度とまともな交渉は期待できないだろう」

「傷つけられるのは、姫さまの信用のほうですか」

「わたしの手持ちの札はそれしかないからな」

それでいながら、まさに偽りの女王として臣民をたばかっているのが、なんとも皮肉なことではあるが。

「落とせなければおまえの剣を借りる」

「御意のままに」

へりくだるのではなく、信頼を受けとめる面持ちで、ガイウスはうなずく。

そして施錠を解いた小部屋に、アレクシアをうながした。住みこみの使用人のためだという空き部屋は、清貧を旨とする僧房のごとき趣きで、司祭にはさほど苦ではないのかもしれない。しかし錠のかけられた小窓は、やはり独房を彷彿(ほうふつ)とさせた。

質素な寝台で聖典を紐解(ひもと)いていた司祭に、ガイウスが声をかける。

「ライルズ司祭」

「お帰りでしたか。……そちらのかたは？」

当惑する司祭に、アレクシアは正面から対峙した。身にまとう外衣は、ウィラードに対する弔意を伝える漆黒の天鵞絨(びろうど)だ。折りかえした袖と裾には、控えめな君影草(きみかげそう)の小花紋様が銀糸で縫いとられている。

「神に仕える身であるあなたを、不本意ながらこちらに留めおきましたご無礼を、どうかお許しください」

「ではあなたさまが」

息を呑み、腰を浮かせかけた司祭を、アレクシアは目線でとめた。

「デュランダル王家のアレクシア。ですがわたしがガーランド女王を名乗れる日も、残りわずかになりそうです」

「それはいったい……」

しばらく外界から隔絶されていたライルズ司祭には、アレクシアを取り巻く状況が把握できかねるのだろう。

まさにウィラードの遺児の存在によって、アレクシアの地位が脅かされようとしている
のか――。さぐりさぐられる沈黙こそが、その謀の可能性を濃厚に裏づけていた。
だがきっとこの現実は、彼のいかなる想像をも超えていることだろう。
アレクシアは言った。
「ローレンシアがガーランド侵攻に踏みきりました」
「な……んですと?」
予想にたがわず、司祭は唖然とつぶやいたきり絶句している。
「艦隊がガーランド沿岸に達するまで、猶予は二十日。あちらに和平交渉に応じる意志は
なく、もはや開戦は不可避です」
「し、しかしながらいかなる根拠で?」
「レアンドロス王太子との婚姻の約定を、こちらが一方的に白紙にしたことを、宣戦布告
とみなしたそうです」
すでにローレンシア特使のカナレス伯を呼びつけ、問いただしておおよその腹積もりは
つかめている。
ローレンシア艦隊の総司令官には、あのレアンドロス王太子みずから名乗りをあげるで
あろうことも。
「わたしのローレンシア行きが阻止された、あのラグレス沖の襲撃のために、リヴァーズ

提督は命を落とされ、旗艦は沈み、幾隻もの最新鋭の戦艦が奪われて、ガーランド海軍は深刻な打撃をこうむりました。いまから急いで武装商船をかき集めても、太刀打ちできるかどうかはもはや賭けの領域となるでしょう。そして――」

毅然たるたたずまいを崩さぬままに、アレクシアは淡々と続けた。

「ガーランド女王たるわたしが直面するその危機をこそ、好機とみなす者たちもいるはずです。そのくりかえしこそが、ガーランドの歴史でもありますから」

戦国の世には、海を越えてきた異国の敵に応戦しているところを、ガーランド国内の敵勢力が挟み撃ちにして、権力を奪うという展開もままみられた。

だからこそ王家にとっても、要衝を治めるグレンスター家の軍事力を味方につけておくことが重要な鍵となったのだ。

ライルズ司祭はごくりと唾を呑みこんだ。

「ではその機を狙い、ウィラード殿下の遺児を――つまりはセラフィーナさまを戴こうとする者たちが、女王陛下に反旗を翻すことを危惧しておいでということですか」

「わたしが危うんでいるのは、その母子のお命です」

「……まさか秘密裡に葬り去るおつもりで？」

「わたしがではありません。レアンドロス王太子こそが、ためらいなくそれをなさることを案じています」

ローレンシア海軍は強力だ。ただでさえガーランド海軍は立て直しが追いついていないというのに、ガーランド陣営そのものが内紛によって団結できる状況になければ、もはや勝ちめはないも同然だ。

司祭は不安げに視線をさまよわせながら、

「ですが女王陛下の代わりに、セラフィーナさまがレアンドロス王太子を王配として迎えられれば、あるいは……」

光明を見いだそうとするも、アレクシアは首を横にふった。

「あのかたは、王配の地位を欲しておいでなのではありません。ましてや出兵までされたのなら、ガーランドのすべてを我がものになさらなければ満足されないでしょう。デュランダル王家の血をひく遺児など、生かしておく理由がありません」

だからかならずや殺される。

アレクシアにはその確信があった。

「ローレンシア王家の血は、さかのぼればガーランド王家と混じりあいます。それを根拠に、王位継承権を主張なさるつもりでしょう」

「しかしそれでは民が納得いたしません」

「ならば力でねじ伏せるまでです」

ガーランドは蹂躙(じゅうりん)され、大勢の民が命も財産も奪われるだろう。

まずは南岸の一帯が占領されるだろうか。ウィンドローの近郊には、ティナたち兄妹の住まいがある。フォートマスではリリアーヌが《黒百合の館》で暮らしている。そこから街道を北に向かえば、すぐにアーデンだ。

シャノンたち三人の姿が脳裡に浮かび、アレクシアは組んだ両手を、爪が喰いこむほどに握りしめた。

「ガーランドにこのわたしが必要だと、訴えたいわけではありません。いまこのとき王家という支柱が揺らぐことは、ガーランドのすべての者に破滅をもたらすであろうとお伝えしたいのです」

支柱をなくしたガーランドには、もはやまともな抵抗ができないだろう。

「あなたは――あなたがたは、レアンドロス王太子の恐ろしさをご存じありません。殿下と一対一の対話をかさねたわたしの言葉を、信じてはいただけませんか？」

それでも司祭はためらいに口をつぐんでいる。

みずからが決定的な情報を明かすことで、ウィラードの野望が挫かれるとあらば、それも当然だろうが。

するとここまで沈黙を貫いていたガイウスが、

「陛下の誠意は、すでに充分に理解しておられるでしょう」

アレクシアのかたわらまで足を進め、おちついた声を投じた。

「あなたの口を割らせるために、拷問という手段に訴えることもできました。それにあのエリクという少年を脅しの材料とし、あなたの情を利用することもできたはずです。だが陛下はそれをなさらなかった。そのようにあなたの心を操ることを、臣に許されなかったのです」

司祭はなおも無言のままうつむいていた。

しかしついに逡巡(しゅんじゅん)をふりきり、絞りだすように告げた。

「……おそらく婚姻誓約書は、ウォーグレイヴ公に託されているはずです。手を結ぶ証として、信用のために預けるおつもりのようでした」

「ウォーグレイヴ公」

当然ながら知らぬ名ではない。

バクセンデイル侯と同世代で、だからこそであろうか、侯の派閥には与していない。王位継承争いでは、ウィラードの主張に賛同していたものの、積極的に陰謀に荷担した証拠まではなく、処分の対象になっていない者のひとりである。

そんな経緯もあって、新体制では要職についていないはずだ。

ガイウスが手がかりの信憑性を吟味するまなざしで、

「たしかあのかたは、外交使節としてエスタニアに赴かれたことがあるはずです」

「ではエスタニアに伝手(つて)がおありなのか」

「おそらくは。それに南西部一帯の広大な領地では、質の高い羊毛の輸出で財政も潤っておいでのようですから、裏で金銭的な援助でもしていたのかもしれません」

「考えられるな」

アレクシアも慎重にうなずきかえす。

ウィラードにしてみれば、ウォーグレイヴの家名そのものが信用になるだろう。そしてともすると公のほうには、財政難の王家よりもよほど豊かで、力を有しているという自負があるのかもしれない。

それゆえあのウィラードでさえ、公の支持をつなぎとめるために、謀の要となる誓約書をさしだしたと考えれば腑に落ちる。

そういえば——とアレクシアはつぶやいた。

「ウォーグレイヴ公のご子息に求婚された憶えはないな」

「公の子女はもれなく結婚をすませているはずです。かといって孫世代は幼すぎて、求婚に名乗りをあげられません」

「そのせいか」

アレクシアにつくよりは、ウィラードに恩を売るほうが得策とみなし、その判断はいまもなお変わらないということだろう。

いずれにしろ臣が選び、操るのも当然とみなされる君主の立場の危うさに、アレクシアはあらためて忸怩たる想いをかみしめる。

ライルズ司祭が遠慮がちにきりだした。

「おそれながらわたしどもの処遇については、いかがなさるおつもりでしょうか。わたしはいかなる沙汰にも従う所存でございますが、エリクはわたしの手足として遣わされた身にすぎません。なにとぞご温情をたまわりたく――」

「ご案じには及びません」

いまにも跪かんばかりの司祭を、アレクシアは急いで制した。

「すべてを隠密裡に収めることができましたら、その少年はもとより、あなたのなされたことをあえて糾弾するつもりもありません。いましばらくはご不自由を強いることになりましょうが」

「どうぞご随意のままにお取り計らいください」

司祭もすでに覚悟はできていたのか、粛然と頭を垂れる。

欲していた情報は得られたが、すぐに解放するわけにもいかないだろう。

あらためて承諾を取りつけるべく、アレクシアはガイウスをふりむいた。

「状況がおちつくまでは、このままアンドルーズ邸での預かりを続けてもらえるか？」

「そのことなのですが」

「うん？」

ガイウスは参謀の面持ちで告げた。

「おそれながら――わたしに考えがございます」

ガーランド艦隊の総司令官が決まらない。

「これほどまでに情けないことがあるだろうか……」

枢密院顧問官との会議を終えたアレクシアは、絶望的な心地で執務室にたどりついた。

門外漢の自分が口をだすことではないだろうと、総司令の人選については任せていたのだが、これぞという候補が挙がらぬままに数日が費やされてしまった。

一刻も早く方針を定め、かぎられた数の戦艦をどう動かすか、戦略を練らなければならないというのに、このままでは本当に手遅れになる。

アレクシアはくたりと長椅子に倒れこんだ。じきにアシュレイが戻るまでの、つかのまの息抜きだ。

ガイウスが窓に手をかけると、かすかな潮の香りが流れこんでくる。

広く明るい外海を感じさせるその匂いに、いまばかりは不安をかきたてられて、アレクシアは喘ぐように息をくりかえした。

ガイウスも遠い船影を睨みすえるように、

「リヴァーズ提督が亡くなられたのが痛手でしたね」

「いまとなってはグレンスター公もだな」

実績では図抜けていたリヴァーズ提督のみならず、海戦に長けた家門のグレンスター公も他界したため、実力と家柄を兼ねそなえた、誰もが納得するだけの人材に乏しいというのがガーランドの現状なのだ。

総司令官の人望は兵たちの士気にもかかわるため、人選には慎重にならざるをえないのが難しいところだという。

「任じるにふさわしいと推される将には、もれなく打診をしているそうなのですが」

「我こそはと名乗りをあげる者はいないのか」

「率直に申しあげれば……」

「なんだ」

「彼らはなにより敗残の将として、歴史に汚名を刻むことを恐れているようだと」

「なんたる弱気」

呆れといらだちを投げつけるように、アレクシアは天井をあおいだ。

「わたしなど、このままではガーランドを滅ぼした女王になるのだぞ。そしてこれだから女王など戴くものではないと、永遠の教訓を残すことになるのだ。未来のすべての王女たちの道を、わたしが狭めてしまうかもしれないなんて、とても耐えられない！」

「姫さま。それは悲観しすぎです」

「うう……」

とはいえたしかにいまは、未来を憂えているときではない。

アレクシアは身をひねり、ガイウスにすがる視線を向けた。

「あらためて父君にお願いすることはできないだろうか？」

「それはご容赦を」

王位継承の動乱でも功績のあったアンドルーズ侯を、総司令として登用する案は、すでに当人をまじえて検討されていた。実直な武人であるがために、宮廷の権謀術数とは縁がなく、それゆえ人望にも不足はなかったが、身に余る使命であるとかたくなに固辞されてしまったのだ。

「まさか侯ですらも怖気づいておいでなのか？」

「父は身の程をわきまえているだけです。アンドルーズ家の所領カールエルは国境にほど近く、陸(おか)の騎馬戦には長けていますが、海での戦いには不慣れです」

「おまえはどうなのだ？」

「士官学校で学びはしましたが」

いまだ実戦に駆りだされたことはない。

「もはや海賊の頭領でも据えるしかないかもしれないな」

アレクシアが捨て鉢にぼやくと、

「そういえば《メルヴィル商会》の武装商船では、海賊あがりの船長たちも活躍しているそうですね」

「本当に？」

昨日ガイウスはアシュレイとともに商会の責任者と交渉し、武装商船の提供についてのおおまかな同意を取りつけてきた。ひとまずその規模や性能について、詳細な報告をあげてもらうことになったが、そのときに耳に挟んだ情報らしい。

「つい先日も、北海に出没している海賊に襲われながら、鮮やかに撃退して損害をださずにすんだとか」

アレクシアはそろりと身をもたげた。

「つまりそうした船長であれば、海賊のごとき働きもお手のものということか？」

「そうなりますか」

うなずきながらも、ガイウスは意図をさぐるまなざしをかえした。

「なにをお考えです？」

「うん……こちらが後手にまわっている現状では、ともかくもローレンシア艦隊が沿岸に到達するまでの猶予を、わずかでも延ばさなければならないだろう。そのために正規艦隊とは別働の、小廻りの利く船隊をローレンシアの近海までひそかに南進させて、停泊している艦に……」

「夜襲をかけるのですか」

「戦うのではない。兵の命は奪わず、火を放つなどして艦そのものに損傷を与えて、航行を困難にするんだ。どれほどの打撃になるかはわからないが、事態を収拾するために数日でも稼げたら」

「それがガーランドの命運を分けることになるかもしれないですね」

「卑怯な策だと、後代まで誹られるだろうか？」

「卑怯なのはむしろローレンシアのほうでしょう。あちらが理不尽な侵攻をためらわない以上は、こちらも手を選んではいられません。さっそくにも検討するべきかと」

「そうか。ならばおまえに任せよう」

素人のひらめきにすぎないが、なにかの役にたてばいい。

アレクシアがほのかな灯火のような希望をかみしめているところに、アシュレイが姿をみせた。

書類の束やらなにやらを小脇にかかえた彼に、ガイウスが声をかける。

「遅かったな。話の長い顧問官につかまって、愚痴でも聴かされていたのか？」

女王の秘書官にして従兄でもあるアシュレイは、取り次ぎ役としてなにかとひきとめられやすいのだ。

「ちょうど《メルヴィル商会》の使者が、ロージアンからたずねてきたもので」

アレクシアは鞭打たれたように身をこわばらせる。

長椅子の肘かけを握りしめ、

「ラングランドからならば、セラフィーナ従姉さまのことか」

おそるおそるたずねると、アシュレイは無念そうにうなずいた。

「結論を述べるなら、ひと足遅かった。こちらの通達が届いたとき、彼女が乗った北廻りの快速艇は、すでにロージアンまで到着して乗客を降ろしていたそうだ」

「まにあわなかったか」

アレクシアは両手に顔をうずめた。

「ただ客室担当の給仕が、それらしい女人がいたと証言している」

「下船したのは？」

「終着地のロージアンだ。身重かどうかはわからないけれど、ほとんど船室にこもりきりで、運ばせた食事にもあまり手をつけていない様子だったらしい」

「お加減が優れないのだろうか」

全速の騎馬で逃走したというだけでも、かなりの負担になったはずだ。それから小夜啼城の青年アールを殺し、追手を警戒しながら港の雑踏をすり抜け——。

「北海はときにひどい荒れかたをするそうだからね。あるいはできるだけ手がかりを残さないようにしたのかもしれない」

そして王都になら、有力な王侯貴族の私邸がそろっているはずだ。

ガイウスたちが記録を確かめたかぎりでは、かつてケンリック公はラングランドの表敬訪問に妻子をともなっていた。当時のセラフィーナは十になるやならずやの少女であったはずだが、いまも面影をかさねることはできるだろう。

彼女はいったい誰に助けを求めたのか。

訪問の詳細については、本腰を据えて調べる必要があるようだが、いまからそれをする猶予がはたして残されているだろうか。

ふとガイウスがアシュレイの手許(てもと)に目をとめた。

「その箱のようなものは？」

「いましがた商会の使者から預かりました。ロージアンの支店長からの届けもので、かならずアレクシアに手渡してほしいと」

たしか支店長の名はアドラムだったか。

アシュレイは長椅子に近づき、片手に乗るほどの小匣(こばこ)をさしだした。

受け取った寄木細工の匣に、アレクシアは目を奪われる。

「これは見事な……ラングランドの意匠だろうか」

蓋にはさまざまな瑠璃色の硝子が嵌めこまれ、夜空を駈ける馬の姿を浮かびあがらせていた。

身を乗りだしたガイウスがつぶやく。

「天馬ですか」

「ディアナたちにまつわるものなのだろうか」

当然ながら頭に浮かぶのは、半焼したばかりの《天馬座》である。

小匣に鍵穴はない。ともかくも蓋を開けてみようとすると、ガイウスに奪われた。

「わたしが先に確認します。毒や火薬が仕込まれているかもしれません」

「商会の支店長が、わざわざそのようなものを寄越すか？」

「万が一ということもありえますから」

それはさすがに警戒しすぎではないだろうか。

なかば呆れつつもしたいようにさせると、ガイウスはアレクシアに背を向けて、慎重に小匣の蓋に手をかけた。

「中にはなにが？」

「これは……手巾のようですね」

案じられた異変はなく、ガイウスは匣から折りたたまれた布を取りだした。

待ちきれずに手許をのぞきこむと、たしかにそれは白い手巾のようである。

少々くたびれた布の隅には、うねる蔦文様のような飾り文字があしらわれ、その意匠に目を凝らしたアレクシアは、たちまち目をみはった。

「これはわたしの印章ではないか」

アレクシアの頭文字を中心に、綴りを組みあわせた文様は、アレクシアのみが使うことを許された印である。つまりこの手巾はアレクシアの持ちものか、アレクシアがみずから譲り渡したものということになる。

「だがこれはずいぶんと昔に刺したものだ」

やや拙い刺繍は、かつて自分が手がけたもののようだが、アレクシアがラングランドに滞在したことはない。

「なぜこんなものがロージアンから？」

するとアシュレイの瞳にひらめきが走った。

「ディアナのものでは？　昔からお守り代わりに身につけていると、彼女がぼくに見せてくれたことがある」

「そういえば」

一連の騒動がおちついたあとに、アレクシアもディアナ本人から聞かされた。譲られた外套に忍ばせてあった手巾だけは、売らずに手許に残していたのだという。

「では《天馬座》の焼け跡からそれを発見した商会の者が、わざわざ届けてくれたのだろうか」

「それにしては焼け焦げたようでもないけれど」

アシュレイが首をかしげていると、ガイウスが匣の底からなにかを取りあげた。

「こんなものもありました。どうやら書簡のようです」

折りたたまれ、封蠟のほどこされた紙は、いかにもなめらかで上等なものだ。

「この印に見憶えはございますか？」

「ある気もするが……」

中心の頭文字はEだろうか。もしもラングランド貴族の印章なら、アレクシアでもお手あげだ。

アレクシアが目線でうながすと、ガイウスは封を切り、文面に目を走らせたとたんに息を呑んだ。

「これはいったい――」

「どうした」

急いて問うと、ガイウスは無言でそれをさしだした。

こみあげる不安とともに視線を落とす。記された文章は、ほんの数行にすぎなかった。

丁寧だがやや線の勢いにむらのある、幼さを感じさせる筆致だ。

我が兄スターリング王家のヴァシリスは、貴国より亡命を果たされた姫を、内密に保護下においている模様。つきましてはいまこそ女神の功績に報いたく、ラングランド王インダルフの次子エドウィンの名において急ぎお知らせをいたします。


「亡命の姫とは、まさかセラフィーナ従姉さまのことか?」

それをよりにもよってヴァシリス王太子がひそかにかくまい、第二王子のエドウィンがあえてガーランド女王に伝えてきたということなのか。

衝撃の波が次から次におとずれて、もはや息ができない。

アレクシアの肩越しにそれを読んだアシュレイが、こめかみに指をあててなんとか状況の整理を試みる。

「《天馬座》でディアナが助けた少年は、エドウィン王子だったかもしれないという報告があっただろう? そのときにディアナが手巾を落としたかなにかして、王子は印章からきみとのつながりに勘づいた。目的は定かでないにしろ、すでに彼女たちが一座を去っていたことで、確信は増したはずだ。そしていざガーランド女王を脅かすかもしれない国内の動きを察するやいなや、覚悟を決めてきみに警告を寄越した。ディアナに対する感謝の気持ちもこめて——ということかな」

「なんてことだ」

ガイウスが呆然とつぶやく。

たしかに信じがたい。だがいかにもディアナらしい、奇跡的なめぐりあわせといえるのではないか。

アレクシアは折りかえす衝撃の波に耐えるように、敢然と顔をあげた。

「感慨に耽るのはあとにしよう。ともかくもこれでセラフィーナ従姉さまの所在は知れたわけだ」

「最悪の相手ではありますがね」

必死に記録を洗うまでもなかった。王族同士なら確実にラングランド宮廷で顔をあわせているだろうし、頼る相手としても不足はない。完全に盲点だったが、あまりに大胆不敵なセラフィーナには、勝算があったのだろうか。

「わたしがあのかたの求婚を退けたから、代わりに従姉さまと手を結ぶはずだとお考えになったのだろうか」

ヴァシリスがガーランド宮廷に滞在し、熱心に求婚していたという情報は、小夜啼城でも共有されていたはずだ。セラフィーナに心を寄せていたアールなどを利用し、そうした経緯をすでに把握していた可能性は高い。

さすがのアシュレイも怖気づいたように、

「あのふたりが手を組んだらどんなことになるか。正統な継承権を主張するセラフィーナを、ヴァシリス王太子が後見する……どころかふたりの婚姻によって、ガーランドの共同統治権を主張してくるかもしれない」

声をうわずらせ、ガイウスが苦く続ける。

「彼女は当然けしかけるだろうな。ローレンシアがガーランド侵攻を企てているいまこそが、姫さまを追い落とすに絶好の機会だと。もしもラングランド艦隊に挟み撃ちにされたら、どんな奇策を用いようと生き残る道はないだろう」

「わたしが真に正統なる君主ではないことも、従姉さまはすでに明かされているかもしれないな」

証拠はないが、セラフィーナの手を取る理由にはなりえる。

そのなにもかもがみずからの選択が招いた結果であることに、あらためて絶望的な心地になりながらも、アレクシアはなんとか冷静さを保とうとする。

「だがいくらヴァシリス殿下でも、独力で艦隊を動かすことはできないのではないだろうか。国王陛下の許可がなければ」

するとアシュレイが考えをめぐらせながら、

「インダルフ王がクロティルド妃の言うなりなら、静観を貫くかもしれない。共同統治権は魅力でも、エドウィン王子がそれを手にするのでなければ、王妃にとっては意味がないはずだからね。それでも一国の主として、インダルフ王が千載一遇の好機と考える可能性は捨てきれないけれど」

「国王陛下の賛同を得られなければ、ヴァシリス殿下はどうなさるだろうか」

「最悪の想像をするならば……君主としての統治能力に難ありとして、退位を迫るという手にでるかもしれない」

アレクシアはぎくりとする。

「……武力に依ってか？」

「おそらくは。そして父王を誑かしたエスタニア派をも一掃すれば、もとより正統な王位継承者である彼が、王として君臨するまでだ」

エドウィンはそれを危惧して、密告のような真似に踏みきったのか。

あるいは兄の思惑が争いを呼び、多大な犠牲を生まずにはすまないだろうことを憂えているだけなのかもしれない。報告を受けたかぎりでは、エドウィンは争いごとを好まない心根の少年であるように感じられた。

アレクシアはみずからの焦りをなだめながら、

「つまり殿下が行動に踏みきるには、かなりの覚悟と準備が必要になるのだな」

「そのはずだ」

アシュレイが決然たる面持ちで語る。

「まだ猶予は残されているよ。表沙汰にならないうちに、なんとかセラフィーナの身柄を確保しよう。すぐにもグレンスターの私兵を送りこんで――」

「だが相手は王太子だ。異国の地でこちらから剣を向けるわけには」

「だからこそ女王の直属ではなく、グレンスターの兵を使えばいい。疾しいところがあるのは向こうのほうなのだから、不意をつけば保身を優先するはずだ」

たしかに異国の王族を、国王の許可なくかくまっていたことが洩れれば、第二王子派につけこまれる弱みともなる。セラフィーナの境遇に同情したヴァシリスが、命をなげうつ覚悟で応戦するとも考えにくい。

それでもアレクシアは納得しかねた。

「いざとなれば力ずくでも奪おうとする姿勢で、遺恨を残したくはない。それにあのかたにしてみれば、どこの誰とも知れない相手の要求に唯々諾々と応じるのも、ためらわれるのではないか？」

「では面識のある者が乗りこんで、交渉するべきだというのかい？」

アシュレイの双眸が、困惑から検討にかたむくのをとらえ、アレクシアは真摯に言葉をかさねた。

「あのかたはご自分の地位の危うさを自覚しておいでだ。だからこそ王太子に相応の敬意を示して、こちらに手を結ぶ意志があることをあらためて伝えたい」

奪うのではなく、誘いこむ。

「それがきみの戦略か」

「そうだ」

「でも、それならいったい誰を派遣するつもりだい？」

「それは――」

いまアシュレイに抜けられては困る。かといってガイウスでは因縁が強すぎて、むしろ逆効果になりかねない。

だからアレクシアは心を決めた。

「わたしだ」

「いまなんて？」

「わたしが早急にロージアンに出向こう」

アシュレイは啞然とし、やがてはたと理解が及んだように、声をひそめた。

「つまりディアナに演らせるということかい？　さすがにそれは――」

「あの子にも務まらないだろうな」

アレクシアは続け、指先を下向けた。

「だから代わりにここでわたしを演じてもらいたい」

「馬鹿な！　いまさら無謀すぎる」

「それはどちらにとって？」

「どちらにとってもさ」

「だが身代わりだと発覚すれば命がないあのときとは、状況が違う。それにロージアンとの往復なら、急げば十日はかからない。そなたやガイウスがディアナについていてくれさえすれば充分に──」

とたんにガイウスが仰天した声をあげた。

「お待ちください。まさかわたしにもここに残れというのですか？」

「もちろんだとも。そなたが当然のようにつき従っていてこそ、ディアナの正体を怪しまれずにすむというものだ」

「しかし」

「ふたりとも」

アレクシアは腰をあげ、ふたりに向きあった。

「これからいざ戦の準備が始まれば、わたしの判断が必要になることは多くない。女王のわたしに求められる役割は、できるだけ王都の民に姿をみせて安心させること。そして急な実戦に動揺している兵たちを鼓舞することだ。それならディアナのほうが、よほど得意かもしれないだろう？」

「………」

アレクシアの覚悟を感じたのだろう、ふたりは抵抗をやめ、しばしの吟味を経たうえで同意を伝えた。

それでも悪あがきをせずにはいられなかったのか、

「おふるまいが急に下品になったと、噂をたてられるかもしれませんよ?」

あいかわらずのガイウスに、アレクシアはたまらず笑ってしまう。

ふたりの再会がどんなものになるか、いまから楽しみだ。

「では——急ぎ小夜啼城に伝令鳩を」

第8章

入れ替わりは夜のグレンスター邸で。

それぞれ速やかに着替えをすませたら、アレクシアはリール河の港に、ディアナは王宮に向かう手筈（てはず）がととのえられた。

ディアナたち一行は夕刻に王都入りし、アレクシアの到着を待ち受けていた。

肖像画の並ぶ廊をディアナがおちつかなく行き来していると、

「女王の身代わりが務まるのが不安なのか？」

リーランドがからかうように訊いてきた。

「そうじゃないってわかってるくせに」

「まあな。早く姫さまに会いたいんだろう？」

「そうよ。本当なら寝ずに語り明かしたいくらいなのに、アレクシアはすぐに発たなきゃならないなんて」

「いまは状況が状況だからな」

ディアナはリーランドに向きなおった。

「アレクシアを助けてあげてね。向こうではあなたが頼りなんだから」

クライヴを含めた《白鳥座》組は、ディアナのみを入れ替えて、ふたたびラングランドの王都をめざすのだ。

決して危険がないとはいえない旅だ。アレクシアはノアまでともなうつもりはなかったし、そもそもディアナも身代わりを強制されたわけではなかったが、誰ひとりとして手を貸すことにためらいはなかった。

結局はアレクシアの人徳というものなのだろう。彼女のためならひと肌脱いでもかまわない、ぜひそうしたいと感じさせる力があるのだ。

それに役者なんていうものは、そもそもが冒険好きなのである。あれこれ工夫を凝らして自分の力を試したい。転んでもただでは起きない。すべてを芸の肥やしにしてやろうという心意気で、あらゆる舞台に飛びこんでゆく。

このところの気負いから解き放たれたおかげで、ディアナはようやく自分を燃えたたせる内なる光にも、目を向けることができるようになっていた。

「御意のままに——女王陛下」

ふざけ半分にだきよせられて、ディアナは息を呑む。我にかえって抗議をしようとするも、耳に吹きこまれたささやきはいとも真剣なものだった。

「おまえも用心しろよ。姫さまのふりをするってことは、ガーランド女王として危ない目に遭うかもしれないってことなんだから」

「……わかってるわ」

ディアナはリーランドの背に手をまわし、

「ちゃんと気をつけるし、ガイウスもアシュレイもついてるんだから大丈夫よ」

「それこそおれには不安の種なんだが」

「アシュレイのこと？」

「おまえはどうも状況に流されやすいところがあるからな」

「信用ないのね」

「だからいまのうちに担保をいただいておくとしよう」

「なによそれ」

「こういうことさ」

身を離したリーランドが、ついばむようにディアナのくちびるを盗む。

たちまち赤くなったディアナは、廊の先の人影にぎょっとした。

「アレクシア」

「邪魔をして――」

目を丸くしたアレクシアが、くるりと身をひるがえす。

ディアナはリーランドに肘打ちをくらわせ、

「待って待って待って！」

あわててアレクシアを追いかけた。

「いまのはなんでもないのよ」

「もはや茶飯事だからか？」

「違うったら！」

「冗談だ」

アレクシアは楽しげに笑い、

「そなたたちの仲には、どうやら進展があったようだな」

「ええ……まあ、そんなことはどうでもいいのよ」

呻くリーランドを一瞥し、ディアナはしみじみとアレクシアをながめやった。

「会いたかったわ、アレクシア」

「わたしもだ、ディアナ」

ふたりは腕をのばしあい、吸い寄せあうように抱擁する。だが勢いあまったディアナに負けて、アレクシアがややふらついた。

「ねえ。ちょっと痩せた？」

「そうかな。そうかもしれない」

無頓着に小首をかしげるアレクシアは、いまやそうした些細なことを気にかける余裕もないのかもしれない。

「大変なことになったわね」

「悪夢なら醒めてほしいと願わずにいられない」

ローレンシアが攻めてくるというときに、国内の敵に煩わされ、それがラングランドにまで飛び火することになるなんて。

「あたしたちがセラフィーナさまを逃がしていなければ……」

「いいんだ。そもそもが万全の態勢ではない護送だったのだし、おふたりの婚姻誓約書にわたしが署名をしないかぎりは、あくまで正式な婚姻にはならないのだから」

「その在り処はまだわからないのよね」

「おそらくはウォーグレイヴ公がお持ちなのだが」

ガイウスが拘禁していたライルズ司祭は、いまはウォーグレイヴ邸にいる。

ガイウスの提案であえて司祭を解放し、アンドルーズ邸から隙をついて逃げだしてきたと騙(かた)らせることにしたのだ。

加えて小夜啼城が攻撃の的になることを防ぐために、セラフィーナの身柄がすでに城を離れたらしいと吹きこませた。それを信用したためかどうかはわからないが、幸いなことにいまだ城は狙われていないようだ。

あとは司祭が誓約書を捜し、それを持ちだす機会さえあればよいのだが、さすがにそう簡単にはいかないだろう。

そうした経緯の詳細を、さきほどタウンゼントから聞かされて、ディアナはあらためてぞっとさせられた。とりわけウィラードがアレクシアの眼前で首を掻き切り、血の爪痕を残して逝ったことには、おぞましさと腹だたしさのあまりに激しい眩暈をおぼえるほどである。

あえてアレクシアにその話題をふるつもりはなかったが、一時期はかなり憔悴していたという。もっともそれをきっかけに、ガイウスとの仲が進展したらしいことは、喜ばしくはあったが。

「その誓約書がこの世に存在するかぎりは危険なのね」

「そうだな。ただ……」

「ただ？」

「できるものならば、破棄してしまいたくはなくて」

「どうして？　そのほうが安心なんじゃないの？」

「もちろんそうなのだが、もしもわたしが――」

しかしアレクシアはみずから続きをかき消した。

ディアナの緑柱石の双眸をみつめ、なにかを告げようとし、それをためらい、あたかも泣き笑いのように目許をゆがめたが、ほどなく葛藤を脱ぎ捨てるようにディアナの頬に手をふれさせた。

その指がいかにも細く、冷たくこわばっていることに気がついて、ディアナは胸が締めつけられる心地になる。

額と額をふれあわせるように、アレクシアはささやいた。

「わたしがいないあいだ、なんとかしのいでもらえるか」

「もちろんよ。あたしにできないと思うの？」

強気に言いかえしてみせると、

「思わない……かな」

アレクシアが勢いに呑まれてつぶやく。

ふたりはくすくすと笑い、いま一度だきしめあった。

「そろそろ支度をしなければ」

「ずっとこうしていられたらいいのに」

「わたしもだ。リーランドに妬かれてしまうな」

「あたしはガイウスに絞め殺されるわね」

なかば本気で戦々恐々としていると、アレクシアは苦笑いしながら、ディアナの髪に指をからませた。

「そなたの髪を、わたしの長さにそろえなければならないのが残念だ」

「髪くらいあっというまに伸びるわよ」

「あっというまか」

そのあっというまの未来でさえ、いまの自分たちにはまるで確信が持てない。できるのはただ――求める未来を信じて邁進することだけだ。

「アレクシア」

「うん」

「約束して。かならず戻ってくるって」

祈るように伝えると、アレクシアはわずかに身をふるわせ、それから女神に誓いをたてるようにうなずいた。

「――約束しよう」

「そなたたちと旅をしていると、あのころに戻ったようだな」

いざ船に乗ってしまえば、アレクシアにできることは多くない。

ひとり悶々(もんもん)と不安を募らせるよりはと、情報交換がてらリーランドたちと卓をかこんで旧交を温めているうちに、すっかり夜も更けてしまった。

「あのころより状況は悪くなってる気もするけどな」

干し無花果(いちじく)で口をもごつかせながら、ノアがはははと笑う。

久しぶりの再会に上機嫌でいてくれるのは喜ばしいが、その見解のあまりの容赦のなさに、アレクシアはさりげなく打ちのめされる。

たしかに当時のアレクシアは命を狙われる身であったが、いまはガーランドそのものが滅びかけている。

「それはなんとも、ひとえにわたしの不徳の致すところで……」

「馬鹿だなあ。姫さまは親の借金をまとめて背負わされたようなものじゃないか」

「借金？」

「そうさ。国庫が空なのも、海軍がずたぼろなのも、べつに姫さまのせいなんかじゃないだろ。そういう負債はいつのまにか利子が積もり積もって、一生かかっても払いきれないような額になったりするものなんだよ」

アレクシアはそれをなんとか立て直そうと、結婚という身売りの札をちらつかせて破産を先延ばしにしようとしたわけだが……債権者も甘くはなかったということだ。

それにしてもノアの口調には、少年らしからぬ実感がこもっている。

「芝居小屋なんてものは、どこも経営がかつかつだからな」

ノアは大人びたしぐさで肩をすくめた。

「おれなんて生まれてこのかた、ほとんどただ働きの人生だぜ？　いくら暮らすには困らないからって、しがない木端役者の身はつらいぜ」

しみじみとこぼすさまがいかにも堂に入っていて、悪いとは思いながらも、つい笑いを誘われてしまう。

「そういえば今回のそなたたちの報酬について、まだ話しあえていなかったな。この危機を無事に乗りきれたら、遠慮せずに要求してほしい」

するとと麦酒の杯を手にしたリーランドが、

「どんな望みでもかまわないのか？」

「もちろん。わたしに叶えられることであれば」

真顔で問われ、アレクシアはいくらか不安になるが、リーランドの希望は予想外のものだった。

「ならおれたちの望みはひとつだな。これからも当面はこういう暮らしを続けたい。そのための経費さえもらえれば充分だ」

「こういう暮らしとは？」

「つまり政情の危うい異国や、国内の僻地なんかをめぐり歩いて、姫さまに報告をあげるのさ。グレンスターのほうでも《メルヴィル商会》と連携していろいろ考えているみたいだが、きみの直属で自由に動かせる者もときには必要だろう？」

「つまり……わたしの目と耳であり続けたいと？」

「そういうことだな」

リーランドは不敵に笑んだ。

「これは三人の総意だ。おれたちはそろって退屈が苦手でね」

「だがときには身に危険が及ぶことも……」

「上手く切り抜けてみせるさ。あいにく武闘派とはいえないが、おれたちみたいに有能な人材はなかなかいないぞ？」

押し売りめかした惜しみのない厚意に、アレクシアはじわりと目頭が熱くなる。

それでもすぐには認めることができずにいると、

「借金漬けのくせに、いまさら遠慮してもしかたないだろ」

焦れたノアになじられて、ぽろりと涙がこぼれた。

「な、なんだよ。なんで泣くんだよ」

「おまえのせいだな」

「ええ？　そんなに借金のこと気にしてたのか？」

そっけないリーランドと、急にうろたえるノアがおかしい。

指先で涙を拭いながら、アレクシアはほほえみかえす。

「ノアは将来、女泣かせの罪な殿方になりそうだな」

「いやだ！　そんなのって、まるきりリーランドみたいじゃないか！」

たちまち顔をひきつらせたノアが心底おぞましげで、アレクシアは今度こそ声をたてて笑ってしまった。

「あなたがやればいいじゃないの」
女王の私室まで迎えにきたガイウスに、ディアナはためらいなく言い放った。
これから城下に出向くため、白貂で縁どられた花紺青の外套を羽織った姿は、いかにも清廉なる女王の風格を漂わせている。

ガイウスはややたじろいだように、

「やれとは？」

「ガーランド艦隊の総司令官よ。決まってるでしょうに」

「は」

すかさず鼻で笑われ、ディアナはむっとした。

「これだから素人は困るって顔はやめてよね」

「許せ。嘘は苦手な性質(たち)なんだ」

「あのねえ」

髪を逆だてんばかりのディアナを、

「まあまあ。どうかお鎮まりになって」

タニアが苦笑しながらなだめた。グレンスター邸で再会するなりこんな調子の両者なので、もはや対応にも慣れたものである。ディアナに鹿革の手袋を渡しながら、

「ガイウスさまも、そう頭ごなしに否定されることはないのではありませんか？　わたしも一理あると思いますもの」

「きみもなのか？」

予想外の掩護に、ガイウスは顔をしかめている。

「わたしを推す声があるのは知っているが、ならば父の補佐につくのが筋だろう」

「それでは意味がありませんわ。女王陛下の凛々しい近衛隊長が艦隊を率いてこそ、民も安心し、兵の士気も高揚するというものですもの。そうですわよね？」

タニアの視線を受けたディアナは、あいまいにうなずいた。

「まあね」

そうなのだ。悔しいことに、しばらくぶりに対面したガイウスは、妙におちついた精悍さを増していた。

馬上槍試合でも活躍し、アレクシアともめでたく将来を誓いあって、覚悟を決めたためだろうか。それでいながら普段はでろでろと甘い言葉を垂れ流し、アレクシアを惑わせているというのだから、よけいにおもしろくない。

それでついぞんざいな口を利きたくなるのだが、これだけは言わせてほしい。

有能な将はそれなりにそろっており、各艦の航行準備もすでに不眠不休の勢いで進められているのに、総司令官だけがいつまでも空席なのには理由があるのだ。

「ねえ。悪いけど総司令官なんてものは、所詮お飾りにすぎないわ」

両手を腰にあて、ディアナは真正面から訴える。

「なのに誰も手を挙げないのは、自分の名声にそこまでの求心力がないことを、ちゃんとわかってるからよ。その点あなたなら誰よりふさわしいわ」

冷静に主張すると、ガイウスも一蹴はしなかった。

「仮にそうだとしても、実戦経験がまるでないというのは……」

「それが不安なら、これぞという参謀をあなたの裁量で登用すればいいわ。自分の能力を過信するよりよほどましよ」

「それでは重鎮たちが納得しないだろう」

「あたしが任命すれば従うしかないわよ」

「おまえがではなく、女王陛下がだろう」

「いまはあたしが女王陛下だもの」

「――っ！」

ディアナはふふんとほくそ笑んでやる。

たちまちガイウスの目が据わりかけ、ディアナは急いで続けた。

「重鎮なんて、最前線で戦うわけでもない年寄りばかりなんでしょ？　どうせ若造が脚光を浴びるのが気に喰わないだけなんだから、気にすることないわよ」

「おまえはどうしてそう、意味もなく自信満々なんだ……」

「これでも命の危機を何度もくぐり抜けてきたからよ」

そしてときにははったりこそが相手の心を動かすことも、知っているからである。狡猾にもみずからの生いたちを持ちだしてやると、ガイウスは狙いどおりにまごついた。

「愛人贔屓だのなんだの陰口を叩かれても、結果をだしさえすればいいのよ」

ディアナはここぞとばかりにたたみかけた。

「あなたは国境の戦役でも、ちゃんと成果をあげたんじゃない。あれから七年も経ってるんだから、成長してないとはいわせないわよ」

「しかし……」

ガイウスはなおも抵抗を試みる。

「姫さまがそれをお望みなら、非公式にでも言い残されたはずではないか？」

「わかってないわね。あの子が自分から頼めるわけないじゃないの」

呆れたディアナに、タニアも同意する。

「そうですわねえ。ガイウスさまのお命も、ご意志も、預かるガーランドの未来のいずれをも犠牲にされたくはないと願われればこそ、軽々しく口にのぼらせることはおできにならないでしょうね」

タニアにまでさりげなくたしなめられ、ガイウスは考えこむように沈黙する。

いまこそ男気をみせるべしと、ディアナがもうひと押ししようとしていると、

「ディアナ。まだここにいたんだね」

アシュレイが姿をみせた。そういえばこれからリール河沿いの船渠まで、視察と水兵の激励に向かう予定だった。

「ごめんなさい。いまからすぐに――」

「いいんだ。そのまえに伝えておきたいことができたから」

「なに？」

「ウォーグレイヴ公からアレクシア宛てに招待状が届いた」

ディアナは息を呑んだ。

「それってあの……」

「そう。ライルズ司祭を送りこんだあのウォーグレイヴ邸から、夜会の誘いだ。将校たちの壮行会を兼ねているので、ぜひともお越しいただきたいと」

たちまちタニアが蒼ざめた。

「きっと罠です！　そこで女王陛下にご署名を強いる魂胆なんだわ」

たしかに私的な夜会では、大勢の護衛官を張りつかせているわけにもいかない。案内に従って、客の近づかない廊などに連れこまれたら、もはや抵抗のしようがないだろう。

するとガイウスが思案をめぐらせるように、

「司祭が公をそそのかし、あえて接触の機会を設けたとも考えられるな」

「そうですね。司祭がすでに誓約書の在り処をつかんだか、そうでなくともこちらも対策を講じて臨むことはできますから」

同意見らしいアシュレイに、ディアナはたずねた。

「王族がそういう催しに招かれるのは、よくあることなの？」

「そうだね。女王に即位してからは余裕がないけれど、王女時代はまれに参加を許されていたはずだよ。グレンスター邸での夜会とか」

「なら招待を受けるべき?」

誰ともなしに問うと、ガイウスが悩ましげに宙をみつめた。

「難しいところだな。夜会の人混みにまぎれて、誓約書を盗みだせるのならそれに越したことはないが」

「だったらあたしがいたほうが、それだけ気を惹くことになるんじゃない?」

「しかしそれだけおまえの身が危険に晒されることにもなるんだぞ」

「でもあたしはアレクシアじゃないわ」

アシュレイが眉をひそめる。

「ディアナ」

「わかってる。でも事実だわ。署名だってどうにか似せることしかできない」

ガイウスはそれを失念していたのか、

「そういえばおまえは、姫さまの署名を真似られるのだったな」

「まだなんとか憶えてるわ。よくよく確認すればすぐに贋(にせ)だとわかるはずだけど、羊皮紙ならあとで文字を削ることができるでしょう?」

「要求に応じたふりをして、相手の油断を招こうというのか」

「そういう状況に追いこまれたらね。アレクシアはその契約書を破棄したいわけじゃないみたいだった。だから無傷で奪えるものならそうしたい」

「やはりな」

ガイウスはいかにも苦く嘆息する。

「もしもいまご自分の身になにかあれば、兄君の嫡子に王位を継がせるべきだとお考えなのだろう」

ディアナはたまらず頬をひきつらせた。

「え……よりにもよってあのふたりの子どもに？」

「それが並の感覚だろうが、ガーランドの未来を案じるなら、候補が乱立して内紛を招くよりましだからな」

「なんだか急に気が進まないんだけど……」

「おまえの正直さは嫌いではないが」

ガイウスはくいと片眉をあげて、

「ならばおまえ抜きでやるか？」

「やるわ。やってやるわよ！」

ディアナはなかば意地で言いかえす。

夜会は明後日の夜。すぐにも計画を練らなければ、こちらにとってもまたとない機会を逃すことになる。

すでに段取りを組み始めるまなざしで、ガイウスがつぶやいた。

「盗みの手管に長けた者がいると助かるんだがな」

「錠前破りとか掏摸（すり）とか？」

「掏摸か……」

しばし黙りこんだガイウスは、やがて挑むようにディアナをみつめた。

「ディアナ。おまえには自分の過去と決着をつける覚悟はあるか」

ウォーグレイヴ邸に《六本指のダネル》を忍びこませる。

それが急遽（きゅうきょ）ガイウスがひねりだした奇策であった。

ダネルはかつてディアナも暮らしていた王都の貧民窟《奇跡の小路》で育ち、幼いころから掏摸の天才として名を馳（は）せていた。

その抜きんでた器用さと、狙いを定める眼の確かさは、二十歳を超えたいまや界隈（かいわい）でも並ぶものがないという。

だがその眼でもってしても、市井で二度も遭遇したアレクシアが、ディアナではないと見抜くことはできなかった。しかも住み処に連れこんだアレクシアを、手籠めにしようとまでしたらしい。

そしてアレクシアをつけまわしたダネルが、ついにひとめもはばからずに騒ぎたてるに至り、ガイウスはこのまま放っておくわけにはいかないと考えていたようだ。

捕縛して絞首台送りにするか、あるいはひそかに始末することも頭をよぎっていたはずだが、いまこそその手管が活用できるのではないかとひらめいたらしい。

不安をおぼえつつもディアナが承諾すると、ガイウスはあろうことかひとりで《奇跡の小路》に乗りこみ、ダネルに選択を迫ったのだという。

いまここで斬り捨てられるか。利き腕の腱を斬って王都を追放されるか。自分のためにその腕を活かすか。

世にも恐ろしい三択である。

そして自分のために働けば、じきにディアナに会わせてやると伝えると、ダネルはすぐさま乗り気になったという。

なにか魂胆があるのか。それともただ昔なじみの境遇に興味があるだけか。

いずれにしろ自分の過去が、アレクシアをも脅かすことになるなんて、とても耐えられるものではない。

吹き荒れる怒りともどかしさと、つかのまの虚脱感に襲われて、ディアナは昨晩まともに休むことができなかった。

こんなことではいけない。今宵はなにより、女王アレクシアとしてふるまうという使命があるのだから。

そう──アレクシアを演じると気持ちを定めさえすれば、毅然としていられる。

かつて感じた心強さをよみがえらせるように、ディアナは揺れる座席で深呼吸をくりかえした。

近衛隊に守られた四頭立て馬車は、もうすぐウォーグレイヴ邸に到着する。

隊の精鋭数人は夜会に参加するが、邸内でアレクシアの供をするのは、騎乗のガイウスと、客車に同席しているアシュレイとタニアのみである。

先方がセラフィーナの所在をつかめていない以上は、その目的はアレクシアの暗殺ではないはずだ。いかにも私的な集まりという気楽さで臨んだほうが、あちらの動きを誘いやすいだろう。

その裏では大勢の客人や使用人にまぎれて、グレンスターの者が動いているはずだ。

こうした催しでは、知人の屋敷から料理人や給仕を借りだすことも多いため、度胸さえあれば出入りは意外にたやすいそうだ。

そしてダレルもまた、ガイウスの指示でひそかに侵入をすませているという。

なにを見聞きしても騒いだら殺すと脅しているそうなので、いきなり正体を暴かれたりはしないだろうことを祈るばかりである。

「心の準備は？」

「できてるわ」

アシュレイの手を取り、ディアナは屋敷の門前から敷地に踏みだした。

裳裾を捧げ持つタニアを気遣いながら、煌々と光のあふれる玄関口まで、ゆっくり歩みを進めていく。

夜気は冷たいながらも、肌を刺すほどではない。

王都ランドールにも、やはり春が近づいているのだ。

気軽な会話に興じているかのように、ディアナはささやいた。

「あなたはなにも訊かないのね」

それだけでもアシュレイには察しがついたのだろう。

「そうだね。きみと顔をあわせたら、だいたいわかってしまったから。役者の彼とうまくいっているんだね」

「がっかりした？」

「したよ。すごいことを訊くね」

笑い混じりの非難に、内心で首をすくめる。

「そうよね。ごめんなさい」

「がっかりしないとでも？」

「ほっとするかなって」

「特異な状況で血迷っただけだからかい？」

「そんなとこ」

「血迷ってはいないよ。ただ……ぼくはきみに惹かれることで、自分が救われるような気がしていたのかもしれない。きみは自由で、強くて、あたたかくて、そういうきみに焦がれることができるのなら、ぼくの魂もまだ息絶えてはいないと感じることができた。だからきみのそばにいたいし、きみのためにできることがしたいし、守りたい。それはきみを愛していることにはならないかな」

ひたむきで切実な言葉が、おぼろに知るアシュレイの来し方と響きあい、胸を締めつけられる。

「……きっとなるわ」

アシュレイはほのかに笑んだ。

「でもぼくはぼくのやりかたでしかきみを愛せないし、グレンスター公の地位も捨てられない。アレクシアのためにもね」

「ええ」

「だからきみがぼくの隣で不自由を味わうくらいなら、遠くで自由に翼を広げていてほしいと願うよ」

「あたしはそういうあなたが好きよ」

「それはまた罪な科白だね」

「でも本当に——」

「わかっているよ」

アシュレイを嫌いなわけでも、グレンスターの所業にこだわるわけでもない。ただ今生ではめぐりあわせが悪かっただけだ。

アシュレイは大仰にため息をついた。

「おかげでいつまでもぐずぐずと、きみの面影をひきずってしまいそうだ。女神に囚われずにいられない家系なのかな」

ディアナはぎくりとする。

「……危ないわね」

「自戒するよ」

「大丈夫よ。あなたはあなた、父君は父君だもの」

だからディアナも、生みの母メリルローズの影に怯えることをやめたのだ。

知るのは怖いが、気にかけずにもいられなかった胸のざわつきが、いまはすっかりおちついていた。

「あなたにもきっとふさわしい女性が現れるわよ」

「そうかな」

「案外もう近くにいるかもしれないわ。タニアなんかどう？」

「よけいなお世話だよ」

投げやりにかえすアシュレイだが、不快でもなさそうだ。意外に脈があるのではないかと、ディアナはいろめきたつが、

「無駄口はそこまでだ。あとは計画どおりに」

合流したガイウスのささやきで、一同は臨戦態勢をととのえた。

ウォーグレイヴ邸は華麗な手すり壁に飾られた石造りで、三階建ての正面を左右対称にずらりと埋めつくす縦長の硝子窓が、さすがは豊かな公爵家という偉容である。

窓の長さからして、貴人をもてなすための貴賓室は二階だろうか。

慣例に逆らい、あえて早めに到着したので、客の姿はまだ多くない。

おそらくは貴賓室で少憩を取り、満を持して宴に加わるのがよかろうと勧められるはずだ。そこでは壮行会らしく、女王としてささやかな演説が求められている。あちらが真の目的にかかるのは、そのあとになるだろう。

家令に出迎えられて外套を脱いでいると、豊かな銀髪を流した初老の男が、廊の奥から姿をみせた。中背だが堂々たる足取りは、いかにも主人然としている。

「あれがウォーグレイヴ公？」

「うん。アレクシアとも私的なつきあいはないから、よそよそしくても大丈夫だ」

「これはこれは女王陛下。ようこそおいでくださいました」

慇懃（いんぎん）に腰を折るさまはさすがに洗練されているが、それだけに年若い君主をねぎらうような、自然な敬意は感じられない。

「こちらこそお誘いをいただきありがとうございます。来たる決戦に備え、わずかでもお力添えができましたら光栄です」

ディアナが台本どおりの台詞をかえすと、ウォーグレイヴ公は予想どおり、一行を上階の貴賓室にうながした。すぐに軽い食事なども用意し、あらかた客人がそろったところであらためて呼びにくるという。

公みずからの先導に従い、二階の廊の角部屋に案内される。

それがもっとも上等な客室で、並びの部屋のいくつかは、親しい滞在者で埋まっているという。

「今宵はそれ以外のお客人の立ち入りをご遠慮いただいております。どうかごゆるりとおくつろぎください」

たしかに階段の登り口には、剣を帯びた家臣が左右に控えていたため、公にとって邪魔な客が迷いこむこともないだろう。

抜かりはないという自信ゆえか、公はあっさり立ち去った。

内廷の女王の私室に勝るとも劣らない、豪壮な寝室である。金の房飾りを垂らした天蓋付きの寝台といい、絢爛豪華な神々の宴の綴織といい、いかにも贅を尽くしたという印象がむしろおちつかない。

とはいえ内装の趣味に難癖をつけているときではない。

ガイウスはひととおり窓を開閉し、室内の安全も確かめると、アシュレイに伝えた。

「わたしはダネルと落ちあってくる。できるものならライルズ司祭とも」

「わかりました。グレンスターの者からも報告があれば、そうとわかるようにあなたに声をかけるはずです」

「承知した」

やがてやってきた従僕が軽食を並べ終えると、

「じつはそちらにお預けした馬が蹄に怪我をしていて、様子が気になっている。すまないがいまのうちに、厩舎がどこか案内してもらえるだろうか？」

ガイウスはそう頼みこみ、ふたりそろって部屋をあとにした。

敵陣のただなかですることがないのもおちつかず、

「ちょっと廊を覗いてみてもいい？」

「それくらいならかまわないよ」

ディアナは拳ひとつほど開いた扉から、慎重に外をうかがう。点々と燭火に照らされたほの暗い廊に、やはりひとけはない。滞在客はすでに夜会に向かったのか、それともこれからだろうか。

そのとき壁に長い影がゆらめくやいなや、二階の廊に女人があらわれた。暗がりにぼうと浮かびあがるのは、燃ゆるがごとき赤毛。光沢のある深緑の外衣をまとい、しずしずとこちらに歩いてくる。

ディアナは息をとめた。あの鮮やかな髪はダネルによく似ている。

まさかダネルが女装しているのかと、荒唐無稽な考えも一瞬よぎったが、ほどなく彼には似ても似つかない、若い女だということがわかった。それもディアナとほとんど変わらないような齢ごろだ。

そうと理解したときにはすでに真正面から目があってしまい、気まずさを微笑に隠してそそくさと身を退こうとしたときである。

「あんた！」

鋭く呼びとめられてぎょっとする。

娘は目を剥き、ずかずかと近づいてくる。

「ちょっと待って！　あんたアレクシアじゃないの⁉」

いったいどういう口の利きかただ。唖然としているまに、娘はディアナを押しこむように、客室まで踏みこんできていた。

「こんなところでいったいなにしてるのよ？　あんたは《黒百合の館》から逃げだせたんじゃなかったの？」

「あ、あなたは？」

「あんまり見違えてわからない？　エスタよ」

「エスタ」

まなじりの跳ねあがった華やかな美女は、刳れた襟ぐりからなめらかな肌を惜しみなくさらしている。

「まさかもう忘れたの？　あんたが《黒百合の館》から逃げだすのに協力してやったじゃないの。あれからまた捕まって、誰かに売られたわけ？」

「う……売られてないわ」

「なんだ。それならお客として夜会に呼ばれたの？」

かろうじてうなずきかえすと、娘は安堵したようにささやいた。

「そう。ならあんたはちゃんと元の世界に戻れたのね」

苦くもやわらかな吐息が胸に沁みこんでいく。

ディアナはようやく娘の正体に気がついた。

「あなたは……あなたがエスタなのね？」

「だからそう言ってるじゃない」

エスタは呆れたように口の端で笑う。

アレクシアからすべて聞いていた。彼女が市井を流浪していた時期に、フォートマスの娼館でつかのまの交流をもった娘だ。家族に売られたエスタは、アレクシアの逃亡計画には乗らず、その世界で生きていく覚悟を決めていた。

アシュレイとタニアも、状況が理解できてきたのだろう。とまどいながらも警戒を解き始めている。

「それにしてもすごい客室ね。あたしたちとは段違いだわ。今夜はアレクシア女王陛下が御出座しになるから、一番の貴賓室を用意したって聞いたけど……」

そこでエスタは唐突に声を途絶えさせた。

「え……アレクシアってまさか……」

「じつはそのまさかなの」

もはやごまかしようもなく、ディアナは認めた。

「だ、だって王女さまが人攫いにかどわかされるなんて、そんなことありえる？」

「あっちゃまずいことだから、極秘にされてるの。だから悪いけど、あなたも黙っていてくれる？」

あのときのアレクシアは、いまここにいるアレクシアではない。それを明かさないのは心苦しいが、これ以上は説明がややこしくなるので、どうしようもなかった。

とにかく娼館でのあれこれについては不用意に洩らさないと、その約束だけはとりつけておかねば。

「お、仰せのままに」

エスタはたどたどしくもかしこまろうと試みる。しかしそんな礼儀はすぐさま吹き飛ばされて、

「でも待って。そうなるとまずいわよ。あんたが娼館にいたのを知ってる男が、いまこの屋敷に滞在してるもの」

「え……誰のこと？」

「ダンヴィル卿よ」

「嘘でしょ」

最悪だ。あの男はアレクシアと娼館で対面したが、それを役者のディアナが令嬢を演じているのだと独り合点して、女将（おかみ）の売りこみを一蹴した。

つまりいまアレクシアとして姿をみせれば、王女アレクシアと女優ディアナが双生児のごとき容姿をしていることも、おのずと知られてしまうのだ。

ダンヴィル卿は典型的な貴族の放蕩（ほうとう）息子で、わざわざアーデンの町の《白鳥座》にまで足をのばすほどの芝居道楽だったが、それがこんなところで負の実を結ぶとは。

一座のお得意ではあるものの、人格には難のあるあの男がなにを考えるか、知れたものではない。

ディアナは頭をかかえる。

「なんでよりにもよって……」

「あんたが逃げだしたから、代わりにあたしがダンヴィル男爵家の若さまに買いあげられたのよ」

「あなたが？」

「若さまっていうか、いまは先代が亡くなったからご当主なんだけど」

「そのダンヴィル卿が、どうしてウォーグレイヴ公のお世話に？」

「領地が隣りあわせで、先代と親交があったのよ」

たしかにダンヴィル家の領地のあるシルヴァートン近郊は、公爵領が広がるガーランド南西部とかさなる。

「それで先代も亡くなったことだし、挨拶がてら公爵に擦り寄ろうとしてるわけ。あたしのことは接待のつもりで連れてきたらしいわね」

ディアナはどきりとした。

「それってまさか、あなたがその、お相手をするってこと？」

「でもいまのところ公にはその気がなくて助かってるわ。どうもそれどころじゃない事情があるみたい」

生きるための仕事と割りきっているのか、エスタは冷ややかに肩をすくめる。

「たしかにいまはそれどころじゃないでしょうね……」

「なんで？　齢だからもう使いものにならないの？」

「そ、そうじゃなくて」

ともかく考えねばならないのは、この夜会をどう切り抜けるかだ。

「あたしこれから女王として、激励の演説をしなきゃならないの。そのときだけでも、彼が大広間を離れるように仕向けることはできない？　その、色じかけとかで」

「そんなの無理よ。いくら相手がぼんくらでもね。今夜は記念すべき特別な日になるはずだって、なんだか張りきってるみたいだし」

「記念すべき？」

すると今夜の罠には、あの男も積極的に関与しているのだろうか。

もはやどうしたらいいかわからず、ディアナはアシュレイをふりむく。まなざしで助けを求めると、アシュレイはエスタに向きなおった。

「きみのことはエスタと呼んでいいのかな」

「あ……ええ。いまはエスタで」

「ではここではエスタで」

アシュレイはあらためて名乗りをあげた。

「ぼくは女王陛下の従兄――グレンスター家のアシュレイだ。にわかには信じがたいかもしれないけれど、今宵の夜会はウォーグレイヴ公がアレクシアを陥れるためにしかけた罠なんだ。ぼくたちはそれにあえて飛びこむことで、公の謀を挫こうとしている」

「謀って……」

「アレクシアを玉座から追い落とすための謀だ」

エスタはとまどいに眉をひそめた。

「もうすぐローレンシアが攻めてくるっていうのに？」

「だからこそだろう。こちらに対処の余裕がないことを見越しているんだ」

「そんなのってひどいわ！」

「そうだね」

アシュレイはかみしめるようにうなずき、

「だからもしもできるなら、その計画についてダンヴィル卿から聞きだすことはできないだろうか。ご主人を裏切るのは抵抗があるかもしれないけれど、逆臣を告発することはガーランド臣民の恥にはならないよ」

あえて選んだのだろう、逆臣のひとことに、鳩羽色の双眸がおののいた。

「その結果としてきみが主を失うなら、ぼくがかならず責任を取る。もちろん代わりに愛人にするとか、そういう意味ではないよ」

「あたしも約束するわ」

アレクシアを代弁するつもりで、ディアナは身を乗りだした。

「あなたがどんな覚悟でいまの道を選んだのか知ってるつもりだけど、このままあいつについていても何年かしたらどうなるかわからないわ。あいつは身勝手だし、利用できるかできないかで相手を判断するような奴だもの。そのうちにきっと身を滅ぼすわ」

なぜか実感のこもる説得に、エスタは気圧されたように沈黙する。

「――わかった。うまくいくかわからないけど、あいつはまだあたしに飽きてないみたいだから、やるだけやってみるわ」

「ありがとう。でも無茶はしないでね」

並びの客室にエスタが消えるのを見届けると、

「あれでよかったのかしら……」

ディアナは閉じた扉に背を預けた。めぐりあわせはこちらに向いているのかもしれないが、予想をはるかに超えたことばかりで不安は拭えない。

「ダンヴィル卿のことならぼくが足どめをするよ。いざとなれば殴りつけて、空き部屋にでも押しこめておけばいい」

「なんだかガイウスみたいね」

「きみにふられて心が荒(すさ)んでいるのさ」

「そ……そうなの？」

真顔でかえされては笑うに笑えない。

「アシュレイさまは損なお人柄ですからねえ」

タニアがしみじみと洩らしたとき、扉の向こうから足音が近づいてきた。

ディアナが飛びすさると同時に、ガイウスが姿をみせる。

「どうだった？　ダネルとは会えたの？」

「ああ。得物を見極めるあいつの眼を信用するなら、婚姻誓約書はウォーグレイヴ公が懐に忍ばせているようだ」

「懐に？」

「決して紛失してはならない、かさばりはしないが大切な品を身につけている者ならではの、我知らず懐を庇(かば)うような身ごなしをしているらしい」

ダネルは給仕のお仕着せを盗み、行き来する人々に目を光らせていたが、誰よりも臭うのがほかならぬウォーグレイヴ公の動きであったという。今夜の状況を考えれば、たしかに公が肌身離さず持ち歩いていることも、充分に考えられた。

ディアナは声を弾ませた。

「ならダネルに盗(と)ってきてもらえば、話は早いじゃない。相手にまるで気づかれずに掏(す)るのだって、あいつにはお手のものなんだから」

そしてなにか適当な理由をつけて、屋敷から立ち去ってしまえばよいのだ。誓約書さえ手許になければ、あちらはなにもできないし、する意味もないのだから。

「それがそう簡単にはいかないようだ。公の外衣は釦（ボタン）が連なるほどに並んでいて、さりげなく懐をさぐれるようなものではない。方法があるとすれば、なにかの騒ぎで気が逸（そ）れた隙に釦糸を断つか、あえて転ばせたところを支えるふりをしながら脇を裂いて取りだすかだそうだが、いずれにしろその時点でほぼ発覚するのが難だ」

アシュレイは無念そうに嘆息する。

「たしかに即刻とりかこまれてしまえば、こちらは対抗しきれませんからね」

「なによ。肝心なところで役にたたないのね」

ディアナも文句を垂れずにいられない。勝手なものだが、すべてを解決できるかもしれないという期待が芽生えただけに、手ひどく裏切られた気分である。

ともかくもエスタたちのことを手短に説明してから、

「そういえばライルズ司祭はいたの？」

「夜会に参加している様子はなかった。あのエリクという少年の姿は厩舎のそばで見かけたから、屋敷に滞在してはいるのだろうが。我々と接触しているところを見咎められないよう、用心しているのかもしれない」

たしかにライルズ司祭は、拘禁されていたアンドルーズ邸から、身ひとつで逃げだしてきたことになっている。不用意にガイウスに近づけば、こちらの意に副って動いていたのではないかと疑われてしまうだろう。

タニアがふと気がついたように、

「並びの客室のいずれかに寝泊まりされておいでなら、こちらからうかがうこともできますかしら」

「大司教でもないから、そこまで丁重な扱いはされていないのではないか？」

とはいえガイウスも確信はないようなので、ディアナは提案した。

「それならエスタに訊いてみる？　近くの客室に司祭が滞在してるかどうか」

「でしたらディアナさまが出向かれることもありませんわね。わたしがうっかり者の女官のふりでもして、うかがってまいりましょう」

大広間に呼ばれるまでは、まだ猶予がありそうだ。

その用件ならすぐにすむだろうと送りだすと、

「あら。あなたはひょっとして……」

タニアは扉を開いたとたんに足をとめた。そこにはノアよりやや年嵩の、赤毛の少年がたたずんでいる。ひどく不安げに廊をふりむきふりむき、誰かに目撃されることを恐れているかのようだ。

「エリクか」

驚いたガイウスが、即座に招き入れて扉を閉める。

「どうした。ライルズ司祭から、伝言でも託されたのか？」

しかしエリクは手ぶり身ぶりでなにかを訴えようとするだけである。彼は口が利けないのだ。だがその動きが文字を書きつけるしぐさだと気がついたディアナは、アシュレイをふりむくなり声を放った。

「なにか書くものは？」

「ここにあるはずだ」

アシュレイは壁際の文机（ふづくえ）に飛びつくと、抽斗（ひきだし）をかきまわして、紙束とインク壺と鵞（が）ペンを用意した。

ディアナは立ちすくむ少年を椅子にうながし、

「どうぞ。これで教えてちょうだい」

手ずから鵞ペンを握らせる。するとエリクはインクの扱いに難儀しながら、文字を綴り始めた。拙い筆致ではあるものの、ちゃんと読み取れる。その必死なさまに、ディアナは息詰まる心地になりながら、文字を追いかけた。

「司祭さま……を、助けて……ください。いまは……地下室に」

ディアナが読みあげたとたんに、ガイウスはまなざしを険しくした。

「この屋敷の、地下に司祭が閉じこめられているというのか?」

片膝をついて問いかけると、エリクはうなずいた。

「いまはということは、公をたずねてすぐではなかったのか?」

エリクはふたたび首を縦にふる。

「ではいつから」

エリクは三本の指をたててみせる。

「三日まえか」

するとアシュレイがつぶやいた。

「そこで叛意を疑われたのでしょうか」

「確信に至るきっかけがあったと考えるべきか」

ガイウスの表情は、みるまに切迫感を増してゆく。

「というと?」

「あえて虚偽の情報を流したことを、公に悟られたのだとしたら?」

「セラフィーナを小夜啼城から護送したのではなく、逃亡を許したことが知られたというのですか?」

「ああ。ラングランドの彼女から、すでに連絡があったのかもしれない」

ガイウスが導きだした結論に、ディアナはたちまち戦慄する。

「ヴァシリス王太子を頼るつもりなんじゃなかったの?」

「王太子の決断をうながすために、ガーランド国内にも呼応する支持者がいると証明できれば、有効な後押しになる」

ディアナは息をふるわせた。

「それってつまり」

「ウォーグレイヴ公が、ロージアンに手勢を向かわせている可能性があるということだ」

ディアナは悲鳴のように叫ぶ。

「アレクシアが危ないわ!」

「それだけではない。公がすでに彼女を保護したつもりでいるならば、あとは婚姻を正式に認める署名さえあれば手札はそろう。これがどういう意味かわかるか?」

「署名さえあれば……」

いとも不穏な予感に、ディアナがおののいたときである。

扉の向こうから、本当の悲鳴が届いた。かぼそく怯えた、しかし命がけの抵抗を感じさせる、必死の叫び声である。

この階のどこかの部屋からだ。続いてくぐもった打撃に、なにかが激しく砕け散る音がひとしきり耳をつんざき——そして不気味な静けさがおとずれた。

「いまのって……まさかエスタの?」

ディアナはいてもたってもいられず、身をひるがえすなり部屋を飛びだした。

「おい。待て」

慌てたガイウスらも、床を蹴って追いかけてくる。

エスタが客室に戻ってから、まだいくらも経っていない。今夜の計画について、なんとかダンヴィル卿から訊きだそうと焦るあまりに、不興をこうむったのではないか。もはやそうとしか考えられず、

「エスタ！」

もつれる足で部屋にかけこんだとたん、ダンヴィル卿に姿を晒してはまずいことに思い至ったが、目のまえの惨状がそれすらも一瞬で忘れさせた。

横倒しの円卓。木端微塵の花瓶。濡れそぼった絨毯には、真珠の粒がばらばらに飛び散っている。だがそこにいたはずのふたりの姿は、扉口からはうかがえなかった。

「……エスタ？」

おそるおそる呼びかけるも応えはない。それどころか呻きひとつ、衣擦れひとつ聴こえない。

するとガイウスが緊迫した面持ちで、

「天蓋に血痕が飛んでいるな」

慎重に足を進めると、死角になる寝台の裏で膝を折った。

おずおずと続いたディアナは、そちらにまわりこむなり息を呑んだ。

「ダンヴィル卿だわ」

たしかに見憶えのある三十がらみの男が、宙を睨んだまま血の海に倒れている。

「頸を刺されているな。失血死か」

ガイウスがつぶやいたとき、かすかに天蓋が揺れた。

はっとして垂れ布をたぐりよせると、そこにはうずくまるエスタの姿があった。

「エスタ！　大丈夫？　怪我をしてるの？」

深緑の衣裳はまだらに黒ずみ、こわばる両手には血みどろの食卓用ナイフを握りしめている。さまよう視線でディアナをとらえたエスタは、血の気をなくしたくちびるをふるわせた。

「あ……あたし、殺すつもりじゃ……」

「わかってる。必死でやりかえすしかなかったのよね。ごめんね。ごめんなさい。あたしが危ないまねをさせたから」

「あたし、絞首台送りになるの？」

「大丈夫よ。そんなことにはさせないわ」

アレクシアが許すはずがない。ディアナは衣裳が血に染まるのもかまわず、冷えきったエスタの肩をだきしめた。

「こいつ……あんたのことを嗤ってた。なにかの書類に署名をさせたら、もう用済みなんだって。だけどただ殺すのはもったいないから、一晩くらいは女王陛下の味を堪能したいものだって。き、きっとまだ処女だろうからって」

あまりのおぞましさに、ディアナは声もなくして凍りつく。

「それであたし、我慢ならなくて、絶対あの子にそんなことはさせないって」

それはいまここにいるディアナではない。娼館で人生が交錯したあのアレクシアのためだからこそ、エスタは決死の抵抗を試みずにいられなかったのだ。

「やはりな」

ガイウスは紺青の双眸に怒りをひらめかせ、

「署名に応じた時点で死を免れないのであれば、もはやここにいる意味はない。すぐにも撤退だ。急ぐぞ」

「エスタはどうするの。置いていけないわ」

「女官の急病をよそおって連れだそう。アシュレイ」

「わかりました。外套にくるんでかかえていきます」

アシュレイは長櫃に走り、ガイウスはエリクをふりむいた。

「おまえは裏口から抜けだして、アンドルーズ邸をたずねるんだ。司祭はあとでかならず助けだすから――」

しかしガイウスの説得は、悠然とさえぎられた。

「そうはまいりませんな」

弾かれるようにふりむくと、扉口にウォーグレイヴ公がたたずんでいる。

「父親に似ず、煩わしい男だと扱いに難儀しておりましたが、まさかあなたがたが始末してくださるとは」

おのれの優位を疑わない、底冷えのする笑みにぞくりとする。その左右から私兵の一群が足音もなくあらわれて、こちらの退路は完全に塞がれた。

ディアナたちを庇うように、長剣に手をかけたガイウスが進みでた。

「ウォーグレイヴ公。あなたのなさろうとしていることは、王権を貶める逆賊のふるまいにほかなりません。その汚名を末世まで晒す覚悟はおありか」

「そちらこそ状況をご理解いただけていないようだ。我々はただ女王陛下にお奨めしたいだけ。亡きウィラード殿下の魂をお慰めするために、その婚姻の誓いをぜひとも正式にお認めいただきたいと」

公はこちらをもてあそぶように、しらじらしい理屈を捏ねる。

「ならばすぐにも証書を王室にお預けになればよろしい」

「おそれながら、ウィラード殿下おんみずからわたしに託された以上は、仕儀を見届ける責務があると存じますので。いささか予定は狂いましたが、先にすませてしまうことにいたしましょうか」

公が顎で指示をすると、転がる卓と椅子を私兵たちが整えにかかる。

まさかいまここで署名をさせようというのか。ガイウスが隙をうかがっているが、残りの兵が楯となり、公には容易に近づけそうにもない。

するとひとりの兵が、公にささやきかけた。

「閣下。おそれながらお耳を——」

「なんだ。このようなときに」

公はわずらわしげに、だが無視もできかねたのか耳をかたむける。やがてどうにも要領を得ないように眉根を寄せると、

「そのような客人は知らぬ。待たせておけ」

いらだたしく言い放ち、興味をなくしかけたところで、はたと兵を呼びとめた。

「待て。おまえ……見慣れぬ顔だな。新参か？」

立ち去りかけた兵はすでに背を向けていて、おもざしまではうかがえない。どこか少年の身軽さを残した、燃えるような赤毛の……赤毛の？

ディアナは息を呑みかけ、すんでのところでこらえる。ひそかに視線を動かせば、公の外衣に縁飾りのごとく並んでいたはずの釦が、いつのまにか数を減らし、エスタの真珠にまぎれて絨毯に散っていた。

その私兵——の服をまとったダネルは、くるりと踵をかえすと、堂々たる足取りで公の正面にまわりこんだ。背にした窓から注ぐ月光が、赤毛を冷たく輝かせている。

「お望みならばご挨拶もうしあげますが」

そのふてぶてしさに、公は私兵ともども呆気にとられている。

「ご存じありませんかね。これでも王都じゃあ、いくらか名が知れてるんですが」

「貴様——何者だ！」

我にかえった公が怒声をあげると、ダネルはひらりと窓腰かけに飛び乗った。あたかも独り舞台で口上を述べるように、

「紳士も淑女もご注意を。ひとたびこの手がひらめけば、きらめく金貨も紅玉も、その懐から魔法のごとく消え去ります る。その名も《六本指のダネル》で御座い。どうぞよろしくお見知りおきを」

一礼をしてみせると、うしろ手に窓を開いた。そしてびゅうと吹きこむ夜風にひるんだディアナが、ふたたび目を向けたときには、すでにその姿はどこにもなかった。

ひと息に飛び降りたのか。それとも壁を伝いながら着地したのか。

いずれにしろあの身ごなしなら、うまく逃げおおせることだろう。

「……やるじゃない」

ディアナがつぶやくとともに、ウォーグレイヴ公もようやく自分が掏摸の標的にされた

ことに気がついたようだった。

「いまの男を捕らえよ！　早く追うんだ！　追え！」

その剣幕に恐れをなしたかのごとく、兵たちはひとり残らず部屋を飛びだしていく。

あとには怒りに蒼ざめた公が、わなわなと身をふるわせてたたずむばかり。

やがてガイウスがおもむろに長剣を抜き払った。

「さて。すでに覚悟はお決まりのようですね」

「こ、ここでわたしを成敗するつもりか。いったいなんの権限で」

「ガーランド艦隊総司令官の権限で」

さらりと告げたガイウスに、ディアナは目を丸くする。それはウォーグレイヴ公にしても同様だった。

「貴様のごとき若造が総司令だと？」

「権勢欲にとらわれた、名ばかりの重鎮よりはいくらかましでしょう。国家の危機を利用し、王権を脅かす逆賊を見逃すことはできかねます」

清々（すがすが）しい決意表明を終えるやいなや、ガイウスは腕をふりあげた。

アレクシア一行は、まんじりともせぬ一昼夜をすごしていた。

《メルヴィル商会》のロージアン支店長アドラムの自邸である。

ふたたびアドラムを経由して、天馬の小匣を第二王子エドウィンに届けてもらうことにしたのだ。

女王アレクシアがロージアンに滞在していること。そしてヴァシリスとの交渉の機会を求めていること。

それを伝えた書簡を、アレクシアが印章を刺した新しい手巾とともに納めれば、きっとエドウィンは力を貸してくれるはずだ。

さすがにその日のうちに反応があるとまでは期待していなかったが、丸一日がすぎても音沙汰がないと、状況がさし迫っているだけに不安が募ってくる。

いまのところラングランド宮廷に不穏な動きはないというが、自由な外出もままならないだろうエドウィンには、難しい要求だったかもしれない。

朝になっても返答がなければ、彼に頼らない手段に移るしかないだろう。

アレクシアは用意された寝室で、ひとり眠れぬ夜に耐えていた。

商談で賓客をもてなすことも多いそうで、極上の羽毛布団の寝心地には文句のつけようもなかったが、それでもなかなか眠気はおとずれてくれない。

無理に目を閉じても、まなうらに浮かぶのはローレンシア艦隊の幻だ。いまはどこまで北上し、ガーランド沿岸に近づいているだろう。

荒波で知られるラグレスの海峡で迎え撃てれば、操舵術に優れたガーランド船に勝機はある。だがもしも南岸の港が狙われ、上陸を許してしまったら……。

不安は尽きず、アレクシアはふと考える。

ガーランドという艦をもてあそぶ神の手に、いまこそ自分の命をさしだせば、ローレンシア艦隊を散り散りに追いやってくれるというのなら、自分はためらわずにそうするかもしれない。

なぜならディアナが女王を演じてくれたら、自分は死んだことにならないからだ。

そしてガーランドのために、そのまま天寿をまっとうしてくれたら——。

その願いを、アレクシアはディアナに告げることができなかった。

それはあまりに酷な望みだろう。

代わりがいるのなら死んでもかまわないと、生の執着を手放したうえでディアナに未来を託すのであれば、幾重もの呪いで縛るのも同然だ。

ディアナもそれをどこかで察していたからこそ、アレクシアにかならず戻ってくるよう約束させたのだろう。そしてその約束は、たしかにアレクシアの弱気を平手打ちのように叱咤してくれていた。

「約束は守らなければ」

決意をこめてつぶやいたときである。

遠慮がちに扉が叩かれ、耳慣れたささやきが続いた。

「姫さま。まだ起きてるか？」

「リーランドか？」

「ああ」

急いで毛織の肩かけを巻きつけ、扉を開くと、同じく寝衣のままのリーランドが燭台を手にして待ちかまえていた。

「なにかあったのか？」

「あの小匣が届いた」

「こんな夜更けに？」

「できるだけ急がせたのかもしれない。使者はエドウィン殿下の護衛官だったそうだ」

「ディアナが《天馬座》で顔をあわせたという？」

「たぶんな。向こうは気づいてないだろうが」

アレクシアは急いて身を乗りだした。

「それで？　もう検めたのか？」

「これからだ。緊急の用件ならノアにも声をかけよう」

「そうだな」

リーランドに従って書斎に向かい、不安げな支店長から小匣を受け取った。

息をおちつけて蓋に手をかける。そこに納められていたのは、あのエドウィンの印章で封をされた書簡のみだった。


明日の正午に《天球座》にてお待ちしております。


「《天球座》とは？」

「《国王一座》の本拠地だな」

「行ったことは？」

「ある。芝居を観たこともな。その出来と比べて《海軍卿一座》のほうを選んだってことで、ディアナたちと口裏をあわせたんだ」

するとと支店長が最新の情報を提供してくれた。

「ただいま《国王一座》は新作の準備で興行を休んでおりますので、王太子殿下のお望みであれば、貸しきりの扱いで完全に人払いをするようなことも可能かと」

「ではヴァシリス殿下がみずから指定されたのだろうか」

支店長は慎重なくちぶりで、

「おたがいがひとめにつかず、力で脅されることもなく、いざとなればすぐに逃げだせる立地で、冷静に交渉ができるかどうかという条件で、ご意向をすりあわせた結果であるかもしれません」

「なるほど……」

そのうえで明日の対面にこぎつけたのなら、やはりエドウィンは迅速に対処してくれていたのだ。ガーランド女王とひそかにやりとりしている事実を打ち明けるだけでも、勇気の要ることだったろうに。

繊細な綴りを、アレクシアは指先でなぞる。

「お待ちしております……ということは、エドウィン殿下も交渉に立ち会われるおつもりだろうか」

「それはまあ、あとはご自由にどうぞってわけにもいかないんじゃないか？　ヴァシリス王太子が王権を奪取するつもりなら、エドウィン王子にとっては未来を閉ざされるも同然だろうし」

「その目論見を未然に挫くためにも、すぐにも国王に直訴できるご身分のエドウィン殿下が立ち会われることは、牽制の意味を持つわけだな」

「だからこそ口を封じられる危険もあるが」

「わたしたちともども？」

「考えだしたらきりがないけどな」

明日の交渉がどう転ぶか、まるで読めない。

ヴァシリスの思惑。セラフィーナの執念の行方。そしてエドウィンの本音さえも。

それでもこちらが採れる道はかぎられている。

アレクシアは心を決めた。

「エドウィン殿下を信じるしかないな」

「ではこちらの護衛はいかがいたしましょう」

支店長に判断をうながされ、アレクシアはリーランドに助言を求める。

「そうだなあ……あの劇場の桟敷席は、見晴らし抜群の階段状だから、隠れる余地はないはずだ。舞台裏ならそれなりに待機できるだろうが、見破られたら騙し討ちを疑われるかもしれない」

「それを交渉決裂の理由とされては本末転倒だな」

「とはいえあちらが丸腰ともかぎりませんぞ」

支店長にしてみれば、急にガーランド女王の命を預かる立場になり、さぞや気が気ではないことだろう。

しかしグレンスター公アシュレイからの書簡が効いたのか、有能な商売人らしい迅速な手際でもって貢献してくれている。

「おまけにおれはまともに剣もふるえないときたわけだ」

口調は気楽だが、リーランドもどうしたものかと考えこみ、ほどなく名案をひらめいたように顔をあげた。

「ノアはどうだ。あいつひとりだけなら、うまく忍びこめるかもしれない」

「舞台裏に？」

「ああ。ノアなら芝居小屋の勝手もわかってるし、暗がりで動くのにも慣れてる。交渉の雲行きが怪しくなりそうなら、楽屋口から知らせに走ればいい」

支店長も吟味をかさねた表情で賛成する。

「では商会の荷馬車をご用意いたしましょう。すぐにもかけつけられるよう、幌(ほろ)に隠れて充分な人数を待機させればよろしいかと」

そちらの指揮はクライヴに任せるということで、意見は一致した。

かくなるうえは早く休み、明日の対決に備えねば。

ふたりは書斎をあとにし、客室に向かった。

「姫さまと顔をあわせたら、エドウィン王子はきっと仰天するだろうな」

「そうだった。それをなんと説明すればよいものか」

「同一人物で押しきるつもりはないのか？」

「それではエドウィン殿下を騙すことになるし、ウィラード殿下がディアナの存在を把握している以上は、隠しても意味はないだろう」

「さすがに異国の女王が芝居小屋に潜りこんでいたなんて、信じないだろうしな」

「だがわたしは《アリンガム伯一座》で裏方をしていたぞ？」

「はは。違いない」

エドウィンから届けられたあの手巾は、ディアナが彼に渡したものだった。

それきり彼女が忘れていた手巾一枚を手がかりに、アレクシアがここまで導かれてきたのだから、運命のいたずらも極まれりというものだ。しかしそれもまた、ディアナの善意の糸が紡いだ縁ではあるのだ。

「うちの女神さまのなさることにはかなわないよな」

リーランドの感慨に、アレクシアはほほえむ。

「まったくもって同感だ」

長い外套に身をつつみ、アレクシアは《天球座》の正面入口に向かう。

大人の背丈の二倍はあろうかという、堂々たる扉を背に出迎えるのは、主従とおぼしきふたりの姿である。

「エドウィン王子とその護衛官だろう。どちらも《天馬座》で見かけた顔だ」

リーランドの耳打ちに、アレクシアは白貂の頭巾の陰でうなずいた。

エドウィンにとって、いざというときに信頼できる唯一の相手が、あの護衛官なのかもしれない。

アレクシアは端然とした青年のたたずまいにガイウスをかさね、エドウィンの身の安全だけは守られそうだと、ひそかに安堵する。これで気がかりがひとつ減った。

アレクシアは華奢な少年の正面で足をとめ、頭を垂れてささやいた。

「スターリング王家のエドウィン殿下にあらせられますか」

「いかにも。あなたはデュランダル王家の――」

「アレクシアにございます。ガーランドを統べる女王として、親しき隣国ラングランドの地にまかりこしました。このたびは殿下のありがたきお骨折りに、わたしの女神も心よりの感謝を捧げているものと存じます」

そしてアレクシアは頭巾に手をかけた。輝く黄金の髪と、そのかんばせをまのあたりにしたとたんに、エドウィンが目を丸くする。

「そなた……ディアナではないか！　なぜ女王を騙るようなまねを……」

礼を失した態度に、ぎょっとしたのは護衛官のほうだった。

「な、なにを血迷われているのです？」

「血迷ってなどいない。この者は――」

「指！　指をさしてはなりません」

じたばたする主従の様子に、アレクシアはこんな状況ながら心なごまされる。

「殿下。おそれながらわたしは女王を騙っているわけではありません」

「で、ではディアナが女王……女王がディアナ？」

「いいえ。どうぞよくお検めくださいませ」

ややや腰を折って視線をあわせると、エドウィンはアレクシアを凝視し、当惑し、やがて沸騰する湯に水をさしたように、おちつきを取り戻した。

「別人……なのですか？」

「さようです。ディアナはわたしの耳目であり、手足でもある分身のようなものとお考えくださいませ」

「けれど女王の分身とは」

「どうか――」

持ちあげられたままのエドウィンの片手を、アレクシアは両手につつみこんだ。

しばらくここで待っていてくれたのか、あるいは緊張のためか、その指先はすでに凍えきっている。

「ここでそれ以上のお話はご容赦を」

そのひとことで、エドウィンは我にかえったように口をつぐむ。貴人らしく、ふれてはならない一線をわきまえているのだろう、

「ではこちらに。おふたりはもうお出でになられています」

きりりとまなざしをひきしめ、いざ交渉の舞台にうながした。

アレクシアはひとつ深呼吸し、護衛官が開いた扉から、エドウィンに続く。ノアもいまごろは、楽屋口から舞台裏に忍びこんでいるはずだ。

左右に段状の壁がそびえる通路を抜けた先——舞台を背にした平土間には、一対の男女がたたずんでいた。

ひとめにつかぬためだろう、暗い山鳩色の外套をまとった姿は、それでも北方の細密な絵画のごとき麗しさである。

アレクシアは意を決し、天から注ぐ光の舞台に足を踏みだした。

ふたりに対峙し、するりと肩から落とした外套を、リーランドに預ける。身にまとうのは、金の蔦文様で縁を飾った、艶やかな常盤緑の外衣だ。

来たる春——祖国ガーランドの大地が荒れ果てることなく、若草が萌えいづるよう望む、女王にふさわしい装いで臨むことを選んだのである。

その瑞々しさに、ふたりはわずかながら目を奪われたようだった。

「ヴァシリス王太子殿下。セラフィーナ従姉さま。ご無沙汰をしております」

優雅に膝を折ったアレクシアを、ヴァシリスは愉快そうにながめやる。

「あなたには驚かされてばかりですね。まさかおんみずから、この北の地まで足を延ばされるとは」

「冷たい荒波を乗り越えてでも、殿下にお目にかかりたく存じましたもので」

「祖国が危難に見舞われておいでのときにですか」

「であればこそです」

「わたしになにかお力になれることが？」

アレクシアはうなずき、本題をきりだした。

「おそれながらデュランダル王家のセラフィーナは、王太子エリアス謀殺の罪にてガーランドの法と議会の承認にもとづき、処刑を控える身であります。そもそもはわたしどもの失態が招いた不祥事でありますれば、どうか内密にその身柄をお渡しいただきたく、恥を忍んでお願いにまいりました次第です」

「なるほど。しかしそれはわたしの理解とは、いくらか異なるようですね」

かたわらのセラフィーナに、ヴァシリスはやわらかな視線を向ける。

「こちらの姫は、あなたこそが僭称者（せんしょうしゃ）であると断じておいでだ」

「……反逆者の讒言をお信じになられるのですか」

「なにしろわたしは、もうひとりのあなたの姿をまのあたりにしておりますからね」

いたずらな紫苑の瞳に追いつめられ、アレクシアはわずかに息を乱した。

やはりセラフィーナは、アレクシアとディアナの血のつながりにまつわるすべての事情を、ヴァシリスに明かしていたのだ。おそらくは、みずからが不遇の姫として小夜啼城に幽閉された経緯も含めて。

アレクシアはなんとかきりかえす。

「殿下はその女神にお命を救われたものと記憶しておりますが」

すかさずヴァシリスはエドウィンを一瞥し、

「その麗しき女神は、我が弟をも助けたそうですね」

「女神とは、万人に救いの手をさしのべるものですから」

「かように気まぐれな相手を、どう信じたらよいものでしょう」

「忠実の証が必要と仰せですか？」

「望めるものなら」

「なんなりと」

「では婚姻の誓いを」

鋭い矢を射かけられ、アレクシアはくちごもる。

「……それはできかねます」

「残念です。あなたとの婚姻こそが、かつてはわたしの生きる希望でありましたのに」

あたかも一世一代の失恋を嘆くかのごとき口調だが、そうでないことはおたがいに承知している。

「かくなるうえは、こちらのセラフィーナ姫をガーランドの正統なる女王として擁立する以外に、わたしに生き残る道は残されておりません」

そんなことはない。

アレクシアが訴えようとしたその言葉を、先んじて告げたのはエドウィンだった。

「そのようなことはありません。兄上はそれをご存じのはずです」

「なんだと？」

冷ややかな視線を受けとめたエドウィンは、渾身の勇気を絞りだすように続ける。

「まさかお気づきではないのですか？　兄上がラングランド王太子としての地位を揺るぎないものにされるための、もっとも簡単な方法を」

ヴァシリスは眉をひそめる。

「おまえはいったいなにを……」

「わたしの命を奪えばよろしいのです」

アレクシアは愕然（がくぜん）とし、急いでエドウィンをとめようとするも、その真剣さに声をかけかねて口をつぐむしかなかった。

「そうすれば母上や海軍卿らのエスタニア派にわずらわされることも、廃嫡を恐れることもありません。なぜならわたしさえいなければ、王位を継ぐのはもはや兄上しかおいでにならないのですから」

「くだらないな」

「なぜです」

「わたしがおまえを手にかけたと疑われれば、民の心は離れる。求心力をなくした王家は大貴族どもの餌食（えじき）となり、じきに滅びの道をたどるだろう。まさに道理もわからぬ子どもの発想だ」

「ではこれならどうです」

エドウィンは喰いさがり、腰から抜いた短剣を、みずからの首筋にひたとあてがった。

これにはヴァシリスも目つきを変えて、

「なんのつもりだ」

「こうしてわたしがみずから命を絶てば、兄上が手を汚したことにはなりません」

剣の扱いには慣れていないのか、あるいは手許に気がまわらないほどに必死なのか、刃に破れた肌から血の珠（たま）がふくれあがり、

「いけない……」

アレクシアの脳裡には、たちまちウィラードの死にざまがよみがえった。

気がつけばリーランドに背を支えられ、ヴァシリスも無視はできかねたのか、

「やめないか」

つかつかと弟に近づくなり腕をつかんだ。エドウィンは抵抗するも、大人の男の力にはかなうはずもなく、捻じりあげられた手首からあえなく短剣はこぼれ落ちる。

「本気で死ぬ意気地もないくせに、愚かなまねをするな」

「ならなぜおとめになられたのです」

「女王陛下に見苦しいさまを晒しているからだ」

「それだけではないはずです」

ヴァシリスは手首をつかんだまま、ぐいと酷薄なまなざしを近づける。

「まさかおまえの命を惜しんでいるとでも？」

「いいえ。ですがわたしに罪はないともお考えなのでは？」

ここで負けてはならじと、エドウィンは反駁した。

「なぜなら兄上はわたしを信用し、こうして交渉に応じてくださっているからです」

「信用だと？」

「そうでなければ、わたしの告発をなにより警戒されたはずです。わたしがそうする機会は、すでにいくらでもあったのですから」

だがエドウィンがそうしないだろうことを、ヴァシリスは知っていた。王位継承の派閥争いで対立しようと、エドウィンにみずから積極的に玉座を望む意志がないことを察してはいたのかもしれない。

アレクシアはおぼろながらに理解する。

これはディアナが《海軍卿一座》で演じたという王子の芝居を、エドウィンなりの鏡に映した希望なのだ。

子に罪はない。どのような血の因縁にからめとられていようと。

ヴァシリスを救いあげるであろうその糸は、生まれながらに望まぬ争いに組みこまれたエドウィンにもつながっているはずだと、せつない期待をかけたのだ。

「わたしと兄上が手を結べば、争いを排除することができます」

「……おまえは無力だ」

「それがわたしの罪なのであれば、全霊をかけて償います」

「口先ばかりだな」

だがこれだけの確乎たる主張ができるエドウィンを、どうして意気地がないなどといえようか。

聡明な王子がないがしろにされている状況を、あの護衛官も苦々しく感じていたのではないだろうか。だからエドウィンの暴挙を、即座にとめはしなかった。いまも油断はしていないものの、静観を崩していない。

ふとアレクシアは考える。もしも弟のエリアスが儚い命を散らさずにいたら、どれほどの成長ぶりがみられたことか。我知らずその面影をかさねるように、アレクシアが固唾を呑んで兄弟をうかがっていると、

「ヴァシリス殿下」

セラフィーナがヴァシリスにささやきかけた。

「おそれながら弟君は、ひどく個人的な感情にとらわれて、現実を見失われているご様子です。世迷いごとにお心を惑わされてはなりません」

ふりむいたヴァシリスの袖を指先で握りしめ、ひたむきに訴える。

「どうかわたくしの手をお取りください。そうすれば望まれるもののすべてを、あなたに与えてさしあげることができます」

「望みすべてを?」

「はい」

「ではひとつうかがってもよろしいか」

ヴァシリスはセラフィーナに向きなおった。

「もしも姫とわたしが婚姻を結び、ともにこのエイリン島を統べるとすれば、姫がその身に宿しておられる御子の扱いは、どうなさるおつもりですか?」

「それは」

セラフィーナはわずかにたじろぎながら、

「ウィラード殿下との婚姻は、もとより正式なものではございませんでした。ですからお望みでしたら……」

「庶子なら始末してもかまわないと？」

「まさか。ただしかるべき施設に預けるなどすれば、決して厄介なことには……」

ヴァシリスの心をつなぎとめようとしてか、セラフィーナがぎこちなく言葉をつないでいたときである。

「姫さま。なんだか様子が妙だ」

アレクシアはリーランドに強く腕をつかまれた。そしてひきずるように舞台から遠ざけられるのとほぼ同時に、舞台裏から武装した男たちの一群が走りこんできた。

幌馬車に待機していたはずの、味方の加勢ではない。その証拠に男のひとりがノアを担ぎ、舞台から飛び降りるなり平土間に放りだした。

「ノア！」

ぞっとしてかけつけると、意識はないが命に別状はなさそうだ。

おそらく男たちは始めから楽屋裏にひそんでいて、ひとりで忍びこんできたノアをたちどころに気絶させるなどして黙らせたのだろう。

やはり騙し討ちかとアレクシアは身をこわばらせるも、男たちの長とおぼしき者が詰め寄っているのは、セラフィーナのほうだった。

「セラフィーナさま。それではお話が違います。ウィラード殿下の遺児を正統な王位継承者として据えるために、ヴァシリス王太子のお力を借りるだけだとおっしゃっていたではありませんか」

「それは……ですから……」

蒼ざめた頬に、セラフィーナは狼狽を走らせる。

長の訛りから察するに、男たちはガーランド国内の者だ。

おそらくセラフィーナはヴァシリスのみならず、国内の支持者をも利用せんとそれぞれが望む未来をささやいていたのが、ここにきて裏目にでたのだろう。

あわよくばここでアレクシアとエドウィンを捕らえ、野望の実現に向けて踏みだそうとしていたのかもしれない。

しかしヴァシリスの思惑はどうだろうか。

「どうやらそちらも共闘には至らぬようだな」

そう結論づけたヴァシリスは、いともおちついている。

セラフィーナは焦りもあらわにヴァシリスにすがりつき、アレクシアを指さした。

「この者は君主を騙る僭称者にほかなりません。どうかお考えなおしを！」

「ではわたしは手を結ぶにふさわしい相手ではありませんね。どうやらあなたは僭称者がお嫌いのようですから」

「………」

セラフィーナはとっさにはその意味が理解できかねるように、だが強い拒絶の意だけは感じたのか、よろりとあとずさる。

するとエドウィンがアレクシアをふりむいた。

「女王陛下。あなたはラングランドになにをお望みですか」

アレクシアは我にかえり、つかのまの躊躇ののちに伝えた。

「恥を忍んで申しあげれば、ガーランド海軍は昨夏にこうむった痛手の影響から、いまだ脱することができておりません」

「その痛手には、エスタニアの武装商船もからんでいたそうですね」

「そうした報告があがっております」

「ではエスタニアと縁の深いわたしが、その償いをいたしましょう」

「ですが……いったいどのように？」

「これからガーランドに発たれる女王陛下を、ラングランド艦隊が護衛いたします」

「え？」

迷いなく告げられて、アレクシアは目をまたたかせる。

「女王陛下がラングランドの護衛艦隊を従えて南進しているとの報に、さしものローレンシアもさぞや恐れをなすことでしょう。総司令として兄上を掲げ、海軍卿が率いる艦隊であれば、ラングランドの団結を国内外に知らしめることにもなります」

ローレンシアと交戦するのではなく、隣国ラングランドがガーランドを掩護しているという姿勢を打ちだすことができるのなら、たしかに願ってもない状況だ。

それにしても――エドウィンはいったいいつから、そのような考えをめぐらせていたのだろう。

アレクシアは期待をふくらませながらも、

「本当にそのような艦隊を動かすことができるのでしょうか」

「もちろんわたしひとりの力ではできません」

エドウィンはいたずらな子どものようにはにかんだ。

「ですから兄上とわたしとラングランド宮廷におもむいて、すぐにも国王陛下に直訴なさる覚悟はおありですか?」

もとより思い描きもしていなかった望みである。どう転ぼうと恐れることはない。静観を確約できるのであれば、それだけでも収穫だ。

それに兄弟がそろって直訴におとずれるなど、おそらくこれまでに一度もなかったことだ。その光景に、インダルフ王はいったいどんな反応をするだろう。

「ぜひにもお連れいただけますか」

「兄上もそれでよろしいですね？」

有無を言わさぬ口調に、ヴァシリスは降参したように苦笑した。

「喜んでお力添えをさせていただきましょう」

ヴァシリスがセラフィーナの誘いを完全にしりぞけたのを見て取り、アレクシアの胸をようやくほのかな安堵と期待が満たしていく。

だがその喜びに、ほの暗い声が爪をたてた。

「嫌よ」

気がつけば、セラフィーナがゆらりとこちらに足を踏みだしていた。

その両手には、エドウィンが取り落とした短剣が握りしめられている。

「そんなこと許さないわ」

呪詛（じゅそ）を孕んだ双眸は、あやまたずアレクシアを射抜いているのか。それとも憎いその姿にかさねた、あらゆるものに向けられているのか。

「――姫さま！」

どこからか、厚い霧に阻まれたようなリーランドの声を聴きながら、アレクシアは迫る瞳をなすすべもなくみつめかえしていた。

終章

「……かくして我らが女王陛下のご活躍は、麗しき女神の降臨するがごとく、ガーランド各地で兵を鼓舞し、民を励まし、リール河を遡上（そじょう）させることなくローレンシア艦隊を蹴散らすに至り……」

ディアナが読みあげる一枚刷り（ブロードサイド）を、アレクシアは横からのぞきこむ。

「その絵はそなたかわたしか、どちらなのだろう？」

「さあね。それはカルヴィーノ師に訊いてみないと」

町で求めてきた一枚刷りには、戦艦の甲板で短い髪をたなびかせる、凛々しい女王の姿が描かれている。宮廷画家のカルヴィーノ師が手がけ、リーランドの父親の工房で刷られたものだ。

画（え）そのものの抜群の力強さと、繊細な印刷の美しさもあいまってか、飛ぶように売れているという。

ローレンシア艦隊が退散し、南洋のはるかかなたに消えても、戦勝気分はまだまだ続きそうだった。

あれから十日ばかりが経ち、ようやくアレクシアにも半日の休みを取れる余裕ができたので、現在のディアナたちが世話になっているアンドルーズ邸をたずねてきたところである。

ぽかぽかした陽だまりの窓腰かけに足を投げだし、菓子をつまみながら近況報告をするなど、半月まえには考えられなかった光景だ。

「ガイウスとあなたが、船首で寄り添ってる構図も人気みたいよ」

「わたしたちはそんなことはしていないが」

「民はそういうのを求めてるのよ」

「なんだか気恥ずかしいな……」

「我慢しなさいよ。あなたたち、このまま順調にいけば、どうにか結婚までこぎつけられそうなんでしょ？」

「ん……枢密院ではガイウスと父君の戦功に対して、アンドルーズ家に公爵位を与えるという案に賛成をいただけた。ついでにわたしの結婚相手としても、ふさわしいのではないかという流れにもなっていて」

「よかったじゃない」

「救国の英雄などと急にもてはやされて、本人は居心地が悪いようだが」

「あなたのためにも望んで手に入れた栄誉なんだから、いまこそ恩恵にあずかっておけばいいのよ」

動機がなんであれ、結果は上々だったのだから万々歳である。

腹を括って総司令官に名乗りをあげたガイウスは、若手の将や海賊あがりの船長も積極的に登用した。そしてあえて海峡まで誘いこんだローレンシア艦隊が、荒波に翻弄されているところを攪乱（かくらん）し、散り散りにすることにも成功したのだった。

北に向かった艦はリール河の河口に狙いを定めるも、ラングランドの護衛艦隊に度肝を抜かれて潰走し、南に退いた艦は後発隊が走行不能の出火に見舞われたとの報に士気を落とし、ガーランド近海での数度のぶつかりあいを経て撤退した。

加えてふたりの女王が、あちこちの町にあらわれては士気を高めてまわったため、その神がかった働きのおかげで、もはや真の女神扱いである。

それでももちろん、まったく犠牲がなかったわけではない。

「リーランドの怪我は、順調に快復しているだろうか？」

「お腹の傷は閉じかけてるわ。でも笑うたびに地獄だから、まるで天邪鬼な女神の祝福みたいだって」

リーランドらしい言いぐさである。

アレクシアがセラフィーナに襲いかかられたとき、とっさにかばおうとしたリーランドは、相手の勢いを消しきれずに、その身で刃の切先を受けとめることになった。

命にかかわるほどの深い創ではなかったが、下手をしたら死んでいた――そしてそれは自分だったのかもしれないと考えると、やはり平静ではいられない。

「わたしがぼんやりしていなければ、リーランドをあのような目に遭わせずにすんだはずなのに」

「あなたのせいじゃないわよ。セラフィーナさまはどうしてるの？」

ディアナに問われ、アレクシアは硝子窓にこつりと額をもたせかけた。

「ラグレス城で、家令のメイナードが責任をもって預かってくれているから、もはや逃亡を許すようなことはないはずだ。それにそもそも……」

「そもそも？」

「従姉さまはいまは臥しておいでらしい」

結局セラフィーナとの対立は、直截に刃を向けられるという、最悪の結末で幕を閉じるしかなかった。この期に及んでどうにかできるという期待をいだくことは、アレクシアの甘えと驕りにすぎないのだろう。

それでも胸を占める喪失感は底知れず、その痛みを乗り越えるには、いましばらく待つ必要があるようだった。

ディアナも神妙な面持ちで、

「逃亡の無理がたたったのか……それとも気持ちの影響かしら？」

「どちらもかもしれない。このままでは母子ともども出産に耐えられるかどうか、危うい状態だそうだ」

ディアナが深いため息をつく。

「助からなければ、あれだけ婚姻誓約書で大騒ぎしたのも馬鹿みたいね」

「うん……」

ダネルが盗みだした誓約書は、王宮で厳重に保管されている。

そしてガイウスの一撃で昏倒させられたウォーグレイヴ公は、ひとまず王宮の地下牢で預かりの身となっている。

「ウォーグレイヴ公の処遇は決めたの？」

「バクセンデイル侯とも相談したのだが、嫡子に代替わりさせ、監督責任を持たせたうえで領地に軟禁することになりそうだ。ついでに羊毛の収益を民に還元しなければ、領地を没収すると脅せばよいとおっしゃっている」

「いいんじゃない？　無駄にお金を持ってると、自分が偉いと勘違いするものだもの」

あっけらかんとしたディアナの意見に、アレクシアは救われた心地になる。

「至言だな。おかげでわたしは、当面のあいだは勘違いせずにすみそうだ」

「王家ってそんなに貧乏なの？」

「びっくりするほどに」

ふたりは顔を向かいあわせ、たまらず噴きだした。

「まさか天下のガーランド女王が、金策にあくせくしてるなんてね」

「もちろんそなたたちの報酬を、姑息に浮かせたりはしないが」

笑みを消し、アレクシアはあらためてディアナの瞳をのぞきこむ。

「本当にこれからも、ガーランドのために働いてくれるつもりなのか？」

「それがあたしの力を活かせることならね。もう次が待ちきれないくらいよ」

緑柱石の双眸を、ディアナはいとも不敵に輝かせる。

それを映したアレクシアの瞳にも、笑みがきらめく。

「ではさっそく耳を貸してもらおうか」

ふたつの影はひとつになり、黄金の髪の毛先が、踊るようにからまりあった。

本作品は書き下ろしです

女王の結婚（下）ガーランド王国秘話

2023年5月10日　初版発行

著　者　久賀理世

発行所　株式会社　二見書房
東京都千代田区神田三崎町2-18-11
電　話　03(3515)2311［営業］
03(3515)2313［編集］
振替　00170−4−2639

印　刷　株式会社　堀内印刷所
製　本　株式会社　村上製本所

本作品に関するご意見、ご感想などは
〒101-8405　東京都千代田区神田三崎町2-18-11
二見書房　サラ文庫編集部　まで

ISBN978-4-576-23027-6
https://www.futami.co.jp/sala/